そうだったのか、山頭火

教室で見た山頭火のこころと句

西本正彦 著

春陽堂

そうだったのか、山頭火

教室で見た山頭火のこころと句

目　次

はじめに……7
序　章　山頭火俳句の生い立ち……9
一　大自然がホームベース――11
二　句が変わった――14
三　老人と少女の純情――16
第一章　文芸、自由律句、放浪の三段跳び……21
一　文芸にホップ――24
二　自由律句にステップ――36

三　放浪にジャンプ――43

第二章　熊本市電事件……49

一　木庭と義庵和尚――51
二　山頭火の胆力――54
三「放てば、手に満てり」――60
四　混とん――62
五　独立独歩の道――65

第三章　憂いの放浪から、満ち足りた放浪へ……69

一　憂いの旅立ち――72
二　満ち足りた旅へ――77
三　山頭火の拠りどころ――81

第四章　日記焼き捨て事件……91
一　山頭火の自罰力――93
二　開き直りの心――96
三　山頭火の隠し味――98
第五章　其中庵の平穏……111
一　落ち着いた其中庵暮らし――113
二　畑作り――116
三　近在の行乞――118
四　東上の旅――122

第六章　酒と愛……131
一　山頭火の酒——133
二　酒の脱線——138
三　句友の敬愛——144
四　親族の情——154
第七章　解体心書……157
一　家族の愛と葛藤——159
二　素で生きる心——164
三　本物を観る心——168
四　自然と共生する心——174

第八章　独り風に立つ……183
一　独り風に立ち向かう――184
二　自己をならう――192
三　自嘲する句――194
四　世間の風は読めない――199
五　体得したもの――203
六　山頭火の生き方――212
あとがき……214
種田山頭火略年譜……217

はじめに

自由律の俳人種田山頭火（本名・正一）は、九歳で母の自死に遭うという衝撃的な経験をして、心ならずも親離れさせられることになりました。

ネガティブな出来事に出会えば、誰しも暗澹となるものですが、正一はこれを長く引きずることなく、むしろポジティブに切り替える動機として、旧制中学校進学を機に、自らの将来を「文芸」に立志しています。


時はあたかも、江戸の封建社会から近代的な民主社会へと大きく舵が切られた明治の、国を挙げて坂の上の雲をめざす成長期にありました。

敏感な正一は、世間の新しい風を感じて自分の将来を見すえました。そして、自我にめざめたということでした。

ところで、最近のニュースに気になることがあります。

それは、十代の若者が殺人にかかわり、あたら自らの人生を投げうつ報に接して、正直心が痛みます。

まだ自分の生涯に使命を感じないうちに、ただ一瞬の激情につき動かされて、わが生命の自由と生きがいを捨てるに等しい行動に奔るとは……。


山頭火は、母と弟を自死で亡くしています。

しかし彼は、度重なる苦難に出会っても母と弟の人生を越えるべく、冷徹さをもって、厳しい道に誠実に立ち向かいました。

辛くても生き抜いた山頭火には、心の支えとして何があったのか。生涯の使命として何をもっていたのか。

それを考えてみたくてこの原稿を書きました。

山頭火の心と句とを読み解けば、必ず答えが見えてくることと信じます。

「たたけよ！　さらば開かれん」です。

その気があれば、自らしかけてみること。それが山頭火流儀の生き方でもありました。

二〇一六（平成二十八）年五月

序章　山頭火俳句の生い立ち

種田山頭火（本名・正一）は、山口県防府市が生んだ、自由律の俳人です。

正一は、当時山口県佐波郡西佐波令村一三六番（現・防府市八王子二丁目）の庄屋（父竹治郎、母フサ）の長男として、明治十五（一八八二）年十二月三日に生まれました。

自由律俳句がどのような環境で生まれてきて、正一は何を詠みたいと思っていたのかについて、初めに少し触れておきたいと思います。

明治維新以降のわが国は、列強と肩を並べる近代国家となる必要を痛感して、科学技術の進展をはじめとして、産業、経済の振興を図るとともに、各種の起業を推進していました。

正一は、学校制度が始まって間もなく生誕地近くに開校した、松崎尋常高等小学校へ通って学ぶことができました。

彼は、子どもながらにも時代は変わりつつあると感じたようでした。そして、若い国が成育するためには、子どもが元気に活躍しなければならない、という気になってきました。

自分としても、世界の動きを知り、わが国の歴史も学んで、これからの新しい時代には、一人一人がそれぞれの特徴を活かして、社会のために尽くすことが求められると考えたのです。

そのためには、自分が何をしたいのかを見つけることが大事だと思いました。

一　大自然がホームベース

山頭火は、幼少期を豊かな自然環境に抱かれて過ごしてきました。そして、日常的に動植物に親しんできた感性が、当然のように文芸を、さらには自由律俳句を、めざしてきました。

自由律俳句を始めるまでは、俳号はタニシを意味する「田螺《でんら》公」の名を使っていました。当時はまだ農薬が使われていませんから、稲を刈り取った田んぼに水があれば、タニシやドジョウがいるのが当たり前でした。

そのころ文芸誌に発表していた俳号を「田螺公」とした意味は、農地に囲まれた自身を「田舎っぺ」と軽くへりくだることと、自然がいっぱいという地域柄、田んぼの友だちのポジションが好ましかったものかと思われます。

彼の生誕地防府は、瀬戸内の温暖な気候に恵まれ、季節ごとにそれぞれの動植物が出没しては競演するという環境であり、農耕を主な生業として、自然と共生し自然を大切にしてきた伝統をもつ地域でした。

野花には、早春に水仙やふきのとう、春先にはなずなや彼岸花などが続き、梅の花には蜜を求めてメジロやウグイスなどが来て、にぎやかに鳴き交わし始めます。

そんな中で正一は、成人してからも自然を素材とした句を好んで作りました。

笠へぽつとり椿だつた

墨染めの法衣《ころも》で歩いていた山頭火は、網代《あじろ》笠の上にポトリと落ちてきたものに、思いを破られてびっくりしています。

ハッとわれに返って見たものは、真っ赤な藪椿の花でした。

中学生の私に母が言ったことがありました。「椿の花は、病院にもっていかない花なの」と。

そのわけは言いませんでしたが、想像はつきました。

椿の花は、花弁がすべてまとまったままで根元から落ちてきますから、「ぽっとり」なんですね。それを縁起が良くないと母は言いたかったのでしょう。

つややかで暗緑色の葉が群れている藪椿の林から、ひときわ鮮やかな赤い花が、山頭火に呼びかけてきたのです。これを一幅の絵画としてみても、みごとだとは思われませんか?

あるけばきんぽうげすわればきんぽうげ

あわただしい四月の野道には、緑の大きな葉を従えて鮮やかな黄色の花が空をめざして咲いて、行き交う人を慰めてくれます。

群生したきんぽうげの美しさは、歩いてみてもすわってみてもいいものでした。

あざみあざやかなあさのあめあがり

あざみの花は、とげとげの葉に囲まれた薄いピンクの花がかれんです。梅雨の合間をほっとさせてくれました。

山頭火は、朝のあざみの花をみて、爽快な気持ちを味わい、その雰囲気を伝えようとして、「ア」の音を重ねて綴りました。

暗さ匂へば螢

初夏の暗がりに懐かしい匂いがありました。それを嗅《か》いでみて、少年のころを思い出しました。

螢を捕まえて虫かごに入れた後、掌が涼やかな匂いに包まれていたことを…、これは、螢を捕まえたことがないと分からないかもしれませんね。

自然の中にいる時の山頭火は、ほっとしているように思われませんか。

それが、山頭火文芸の原点だからでしょうね。

二　句が変わった

山頭火が春を詠んでいる句のうちから、次のA、B、Cの三つを掲げてみました。これら三つの句は、それを詠んだ山頭火の年齢が、三十代、四十代、五十代と、約十年ずつ異なっています。

それでは、山頭火が詠んだ句の内で、若さを感じた順に、A、B、Cの記号で並び替えて、答えてみていただけますか。

A　けふのみちのたんぽゝ咲いた

B　花菜ほの〴〵香を吐いて白みそめし風

C　窓あけて窓いつぱいの春

さて、山頭火の句をみてみますと、ことに若いころには彼の感性がきらめいていることに気づかされます。

それが私には、フランス印象派の絵画や音楽のきらめきを連想させられました。

例えば、淡い光に包まれた、ルノワールやモネの華やかな作品が頭に浮かびます。

ことにモネが描いた「睡蓮」や「印象・日の出」などの風景画に、その特徴を強く感じます。「印象・日の出」では、現実あるがままの風景に夜明けの陽光が当たって白、赤、黄、青などの光の粒が、無数に輝く様子が描かれています。

音楽では、ドビュッシーの「月の光」や「夢」など、ピアノソロの響きに、印象派の特徴のきらめきが感じられて、やはり若い山頭火の感性を思い起こさせてくれます。

簡明と力感

山頭火は、年季を重ねるにしたがって、句を表現する用語を省略して、しかも力感をもたせるようになってきました。

そして、表現を簡単明瞭にして強調することで、小気味よいリズムを感じさせるようになりました。

これが、山頭火の暮らしと句作についての私の見立てです。

さて、肝心の答えですが…、B、A、Cの順でした。

Bが、三十一歳（大正三年）の作です。次がAで、四十七歳（昭和五年）の作。そしてCは、五十五歳（昭和十三年）の作でした。

いかがでしたか。

山頭火が苦労して歩んできた、自由律句の変化の一端は、お分かりいただけたでしょうか。

三　老人と少女の純情

山頭火の自由律句は、感動を大事にしています。

彼の句は、感動を純真な心で感じて発信し、それをまた純真な心で受信して、共感するというものでもありました。

したがって、山頭火が歳取ってから文芸活動を続けるためには、純真な心をもち続けるとともに、嘘のない無理のない暮らしに努めていたのです。

言い換えれば、それは少年少女の純真さをもち続けて生きるということでもありました。

純真な少女

昭和五十五年ころ、私は中学校の学習支援学級の授業をする機会に恵まれました。この学級の子どもたちは純真率直で、授業中の言動はいつもそのままの正直さでしたから、受け答えとその流れを作ることに注意しておれば、このクラスの授業は、通常のクラスよりも対のコミュニケーションがよくとれて、楽しいものでした。

私は、この学級で山頭火の句を扱ってみたくなったのです。

最初の授業では、二〜三の句を大きく板書して、反応をみることから始めました。すると、一人の女生徒がさっそく手を挙げて…、

「私、これが好き！」と言って、「春の山からころころ石ころ」の句を示したから驚きました。

彼女は、陽気な十四歳の少女でしたが、会話がつながるようになるには少し時間がかかると思っていた生徒でしたから、ちょっとびっくりしたわけです。

石ころも生きている

富士山のような高い山に登るときは、登山道の急な坂道で石ころが転がれば、それだけで生命にかかわる危険極まりないことです。

しかし、この句の生まれた知多半島にある霊場札所の参道では、お年寄りのお遍路さんが参加されている緩やかな坂道になっていました。

参道の石ころは、大勢の草鞋に踏まれもまれて、丸くなっていました。そして時々ころころ

するというものでした。しかしそれは、ものの五十㎝か、せいぜいがところ一mをゆっくり転げれば、それでころころはおしまいになるというものでした。

山頭火も、お寺の参道を登って、小さな石ころが右往左往して、時に転がり動くさまをみていたのでした。

それは至って悠長な、余裕のころころでした。

春の山からころころ石ころ

お寺の近くまで行ってみると、小高くなった境内とその周囲には、人も草木も、見渡す限りの春の陽気が、あふれている感じでした。

少女のひらめき

春山の小石を、「ころころ石ころ」と繰り返した山頭火の、表現の軽妙さに、彼女は興味を誘われたもののようでした。そして、全山が精気づき、浮き立つ陽気の中で、参道の石ころまでが「生きている」と感じたのかもしれません。

そんなうららかな光景を思い描いた少女には、思春期真っ最中である身心が思わず知らず反応していました。

無意識に手を挙げて、次の瞬間には迷うことなく、「この句が好き」と口走っていたのでした。

老人と少女の以心伝心

さて、この旅に出た山頭火は、心臓を気にして歩く五十六歳になっていて、亡くなる一年あまり前のことでした。

自らの死も遠くはないと、すでに覚悟はしていましたが、その日がくるまでは、少年の純真さをもって、「ころころ石ころ」と詠みました。

山頭火の「純真」は、少女に以心伝心を呼び起こして、彼女の「純真」な気持ちと通じ合うことができたようです。

第一章　文芸、自由律句、放浪に三段跳び

長い人生には、楽もあれば苦もあるものです。

その人生の苦楽というものは、大小の差こそあれ、誰しも生涯をとおしてついて回るものだといわれています。

母の死に遭う

山頭火は、九歳にして人生の深い谷底をのぞき見ることになりました。それが母の自死と出会ったことで、「こんなことがあってもいいのか」と、小学校三年生の正一は、にわかに信じられない大事件でした。

しかし、このような暗い衝撃にもかかわらず、正一は冷静に気持ちを切り替えようと努めてきました。

小学校を卒業して十歳になった正一は、尋常高等科に進み、歴史（当時の教育令では「史学大意」という）を習い始めたことにも意味がありました。

短すぎた母の生涯から、一度きりの自分の将来を思うようになり、生きがいは何かと考えるようになったのです。

その過程で、祖母との幼少期の暮らしが蘇ってきます。

熟柿一つにも、自然の恵みを感謝して、ありがたくいただいたことを、祖母の思い出として、詠んだ句があります。

熟柿のあまさもおばあさんのおもかげ

農耕を生業とする生誕地では、自然神を祀《まつ》り、祖先を崇拝する習わしが、家庭や地域の重要な行事となっており、また近くの防府天満宮では、いくつかの例祭が、地域及び近郷の盛大な行事になっていました。

そして、豊かな自然と共生してきた自分の中には、新しい時代に対応して飛翔したいという自分もありました。

そんな新しい自分を生きるために、人間と自然を主題とした何かに取り組みたいと思うようになってきました。

山頭火は、生涯に何度かのめざめを経験しますが、ここでは次の三つを、ホップ、ステップ、ジャンプの、三段跳びに見立てて、取り上げることとします。

最初のめざめは、十三歳の時に「文芸」を志したことです。

二度めは、二十九歳の時、自由律俳句を志したことです。

三度めは、四十三歳の時、放浪生活に踏み出したことでした。

一　文芸にホップ

正一が、自らの生涯で最初にめざめたことは、「文芸」ということでした。これが正一の、自ら生涯について考えて決めたことの始めでした。言い換えれば彼は、自ら文芸の道に進むという、自我にめざめたということでした。これこそが、新時代の生き方というものでした。

「文芸」を選んだわけ

正一が文芸を志したということは、今でこそ当たり前のことですが、時は明治の二十年代であり、彼は家業を継ぐべき長男の立場でしたから、ちょっと驚きだったのです。

明治以前の江戸時代では、農家に生まれれば農業を、商家なら商業、武家の子は武士というように、できる仕事や結婚など、生まれる前から定められていることが多かったのです。ところが農家で例えると、長男はともかくも、次男、三男になると、田畑を分けてもらえる余裕がない場合もあり、また長男でも農業以外の仕事がしたいことだってありましたから問題でした。家の仕事を継がない場合には、その進路も限られたものでしかありませんでした。

わずかに学問か、医術か、武術か、あるいは宗教家などで、しかもそれで身を立てるとなると、相当の実力を備えなければかないませんでした。そのほか、養子として他家を継ぐことは可能でしたが、これも実力が問われることに違いはありません。

学問では、幕末に活躍した佐久間象山や吉田松陰はよくご存じでしょう。武芸では、剣豪の宮本武蔵や新撰組の近藤勇などもよく知られていますね。

室生犀星

幼児のころ、お寺に養子でもらわれた室生犀星は、詩や小説を書く文芸家になりました。

室生犀星の作品に、『抒情小曲集』という詩集があります。

その中に、ふるさと金沢を出て東京で活動する彼が、ふるさとを思う有名な詩があります。

ふるさとを離れてふるさとを思うところは山頭火と同じで、ここに引用（部分）します。


「小景異情」

「ふるさとは遠きにありて思ふもの
そして悲しくうたふもの
よしや

うらぶれて異土《いど》の乞食《かたい》となるとても
帰るところにあるまじや（後略）」

山頭火も、ふるさとを三十三歳で離れて長らく放浪し、最後は乞食遍路までして、室生犀星の言ったとおりに、ついにふるさとに帰らないままで亡くなりました。

そして、生涯で二百あまりのふるさとの句を詠んで、ふるさとを心の支えとしてきました。

山頭火が文芸を志したその根拠には、

一つには、好奇心が旺盛で、興味がわくと熱心に活動するという、もって生まれた積極的な性格がありました。

二つには、大種田の坊ちゃんだった正一は、天然の自然公園ともいえる地域環境の中で、どこにいても誰かの監視が届いて安心安全が保障されていて、外遊びが自由気ままにできたことがありました。

三つには、正一の家庭教育は結果的には自由放任されていましたが、これが正一の自律的な生活習慣を育てることがありました。

颪にめさめて水をさがす

母の死という外力で、正一は突然揺り起こされ、まどろみの夢を破られたのです。

しかし、母の死の尋常でないことにしだいに気づいてくると、母は正一の生涯について、どんなにか思いを残していったのであろうと気になり始めたのです。

正一は、大地主種田家の長男として生まれましたが、家族関係では必ずしも恵まれていたとはいえませんでした。

彼が就学するころには、母は別棟で寝込んでいることも少なくなかったのです。

そして、小学校の三年を終わろうとする三月六日に、母は自宅の井戸で自死したのでした。「母が死んだ」という意味はよくわかりませんが、三十一歳で自死しなければならなかったことには、何か不自然で異様なものを感じました。

母の死を乗り越える

母が亡くなったのは、明治二十五年の三月でした。

明治維新以後、めざましく社会が進展して、殖産興業による国の近代化が進められてきました。

母が、死をもって正一に示したことも、「自分の人生は自分自身で考えなさい」ということかと思うと同時に、無念だった母の生涯に対して、何とか応えなければ……とも考えました。自分が母の死を乗り越えるには、一筋の道を自分で決めて、生涯を貫くことだと思い至ったのです。その道こそが、唯一自分にできる母の供養であり、またわが生涯を全うすることでもあると思ったからでした。

文芸活動を始める

正一は、旧制中学校の私立周陽学舎（現・県立防府高等学校）に進学したことを好機として、生涯の目標を文芸と決めて、さっそく校内の活動を始めました。

その当時、すでに家業の庄屋を捨てることまで考えていたかどうかは定かでないものの、早稲田を中退して帰郷すると、結婚を断るなど、芭蕉や良寛の旅や放浪暮らしに引かれて、将来放浪生活を視野においた文芸活動を考えていたことは疑えない事実でした。

しかし、文芸一筋の道には、約束された収入があるわけではなく、まだレールの敷かれていない道を進むに等しい冒険が、文芸の道なのでした。

新しい挑戦には危険がつきもの、とは世の常識としてよく言われますが、その反面でやり遂げた喜びは、挑戦のリスクに反比例した大きさになるはずでした。

正一は、少々のリスクにひるむことなく、前人未到の地へ踏み込むという、新しい挑戦を選んだのでした。

これが、山頭火流儀の人生観でした。

ところで、明治維新の思想家吉田松陰は、若者に与えた「士規七則」という文の中で、次の言葉（三端のうちの一つ）を示しています。


「志を立てて、もって万事の源となす」


まずは、自らの人生で何がしたいのか、何をすべきなのかを考えて、めざす目的を定めることが大切です。

このように、自分の思いを確かめて、生涯何をしてどう生きるかについて、自ら決断することを、「志を立てる」といいます。

この「志を立てる」ことによって、その人がめざす人生は、それ以降見違えるように「すべての始まり」となる、と松陰は言っているのです。

「士規七則」の三端について、あとの二つにも触れておきますと、立志のほかには…、
択交…友を選んで、親愛や道理に基づいた行為の助けとする。

読書……書を読んで、聖賢の教えを現世に役立つ意味として考える。

とあります。

立志と自主活動

そこで、正一の立志についてです。

将来の文芸志向を胸に、周陽学舎へ進学したことは触れました。

当時、小学校の四年間は義務教育でしたが、中学校へは志望者だけが進学します。

正一のころ、中学校の進学率は、約五％でしたから、小学校卒業生百人の中で五人が進学できたという時代でした。

入学すると正一は、さっそく文学に興味をもつ学友と語り合って、自分たちで回覧雑誌を編集して発行することに決めたのです。

「新しいことに挑戦する」ということが、正一には一番魅力的なことでした。そして、その前向きで熱心な態度が、しだいに仲間の心をとらえていったようでした。

幼少期の外遊び

正一は、小学校に上がる前から、近所の友達と一緒に、屋外で遊ぶことが大好きな子どもでした。

　雨の日のほかは、家でじっとしていることは嫌いで、独りでも遊びに出たものです。そして小鳥の鳴き声を聴き、野道の草花を覚えました。

　すでに、幼少期から自分の好きな遊びをしたいように任されていたことが、青年前期になって自分の将来を考えるときに、大いに役立ったように思われます。

小・中学生期の外遊び

　小学生のころは、放課後など外遊びが好きというだけで誘っていましたが、中学生になると、遊びにも目的や安全に意識して責任を感じるようになってきました。

「中学生がいれば安心だ」とか、「中学生に聞け」などと、近所の大人からも、ある程度の責任を期待されるようになり、自分たちでもそれに応えたい気持ちがあったのだと思われます。

　中学生は、今までのように毎日ではありませんが、小学生がいると、その日の遊びは何をするのか、してはいけないことは何か、などを徹底させるように努めました。

　これらは、自然発生的でごく断片的な遊びではありましたが、この実際行動の経験は、中学校の自主的な集団活動の基礎として役立つものでした。

自主活動から主席へ

単なる遊びも、進んで参加した外遊びの経験は、進学してからも学習活動や学校の諸活動にも役立ち、所属意識や責任感の自覚などと、所属団体は変わっても新しい団体に経験を転移させることができました。

それは当然、学校の教師や仲間からの信頼と評価にも表れてきます。

正一は、入学時が中の上の成績でしたが、三年間を修了するころには、全校の首席となって、周陽学舎を卒業することになりました。

正一も、「立志は万事の源と成す」という歩みを、文字通り踏み出しました。

授業の山が伝えられなくて

最近私は、小学校五年生に山頭火の授業をする機会がありました。

そこで、山頭火が進学した周陽学舎では、入学した成績が中の上でしたが、卒業するときは首席に上がっていたことを話したのです。

もちろんねらいは、立志したことで意欲が上がって学習にも熱心に取り組み、成績も上がったということを、理解してもらうつもりでした。

ところが、どうでしょうか。

授業後の感想文を見ますと、山頭火は「急に頭がよくなった」という感想が最も多かったので、これにはショックでした。「おいおい、それは違うよ」と独りつぶやいてみましたが、すでに後の祭りで、どうすることもできません。

元はといえば、私が小学生に授業するのが初めてのことで、おそらくは説明が乱暴で分かりにくかったためだという気がしています。

せっかく、授業の山の一つと思って計画していましたが、時間の終わりになって、さらっと話しただけだから、申し訳ないことをしました。「ごめんなさい」。

ところで、成績が良いことは、頭がいいということだと思っている子どもが多かったことにも驚かされました。

もしまた小学生に授業する機会があれば、生涯の志？　一筋の道？　立志？　といったことを、絵に描けないかな？（小学校の先生、どうぞ教えてください）

自己形成

周陽学舎を卒業すると、県立山口中学校の四年に編入して二年間学び、そこを卒業すると、熊本の五高をめざしましたが、これはかないませんでした。

その後の進路について迷っているとき、早稲田大学の開設説明会が山口市で開かれました。早稲田大学の開設準備にあわせて、その予備門が東京専門学校に高等予科として設けられると聞き、そこに進学しました。

おかげで、予備門の一年を修了した後、めざす志望先の早稲田大学文学科に入学することができたのです。正一は十九歳でした。

早稲田大の文学科では、当時ヨーロッパで起こった自然主義文学について、坪内逍遥から講義を受け、またフランス語を学んでモーパッサン、ゾラを読み、ロシア語を学んではチェーホフ、ツルゲーネフを読み、のちに翻訳文の小品を発表しています。

早稲田の同窓には小川未明がいました。種田正一か、小川未明か、と並び称されてもいたのですが、卒業を目の前にして病を得て、中退して帰郷することになりました。二十一歳の時でした。

正一の言語感覚

帰郷してみると、父は種田家の家財をいったん整理して、酒造場を始める準備をしていました。

しばらく休んでいた文学活動も、酒造場が順調になった二十八歳の時に再開して、文芸誌「青

年」誌上に次の小品を翻訳して発表しています。（詳細は、「定本山頭火全集第六巻・春陽堂書店刊」をご参照ください）

愛（モーパッサン原作「猟日記」から）　明治四十四年七月号
ツルゲーネフ墓前に於けるルナンの演説　明治四十四年八月号
烟（ツルゲーネフ原作「烟」から）　明治四十四年十二月号

これをみると、正一は語学にたいへん堪能だったということが分かります。モーパッサンとツルゲーネフの翻訳をしていますから、少なくともフランス語とロシア語については、文章の読み書きが可能だったということがわかります。そして昭和五年から十五年の間の日記を見ると、漢詩や英語の文章がしばしば記されており、たまにドイツ語による意思表示もみられます。これに母国語を加えれば、実に六か国語を操ることができた実力ということになります。

正一本人の熱意もさることながら、言語に対する感覚には、並外れた力量がみられたといえます。そしてこのことは、彼のもつ優れた読解力や表現力についての、裏付けといえることのように思います。

二　自由律俳句にステップ

正一が二度目にめざめた出来事は、自由律俳句との出会いです。彼が二十九歳の時でした。自由律句の情報を得たのは、種田酒造を創業して数年経過した時で、事業が安定した時期と重なっていました。

正一も結婚して、二十八歳からは郷土の文芸誌に寄稿文を掲載するほか、地域の俳句グループにも加わるなど、文芸活動を活発化させたところでした。

自由律句に意気込む

明治も四十年ころには、わが国で最初の専業文筆家といわれている島崎藤村が、『破戒』を出版しており、これが自然主義の小説として評判になりました。

新しいことに挑戦するときは、目が輝く正一でしたが、荻原井泉水が明治四十四年に自由律俳句を提唱して、自由律句誌「層雲」を主宰し始めたその時期に、文芸志向で居合わせたということは、まことに幸運なタイミングでした。

そして自分こそが、これに新しい風を吹きこむ使命があると思って、その運命を感じています。

明治国家が青年期だとしたら、俳句の自由律は今生まれたばかりの乳幼児でした。ちょうど正一は、自由律句の保育期の舞台に馳せ参じたということになります。

山頭火の苦心

酒造場の母屋の庭には、白い木蓮が植えてありました。

二月になると、木蓮はつぼみが膨らみ始め、三月には大きな花弁を開きます。

木蓮の花は、桜の花の時期が来るころには、もう枯色となった花びらを落とし始めています。

絵本を見ていたわが子も、しだいにまぶたが重くなった春の昼下がりでした。

絵本見てある子も睡げ木蓮ほろゝ散る

やがては、簡潔な表現に変わる正一ですが、まだ草創期の作品には、この「絵本見て…」のように、作句への意欲がそのまま字数にも比例的に現れて、それがまた、親の子を思う気持ちとしても温かく伝わってきます。

山頭火は、決して情の薄い父親ではなかったようですね。

海見れば暢ぶ思ひ今日も子を連れて

酒造場から、ものの一㎞も行けば、河口が開ける海辺のなぎさに出ます。そこは、満潮になると、あたり一面は、もう瀬戸内海が広がっていました。

視界が広がると、気持ちまでのびのびとして、明るくなったものでした。

泣寝入る児が淋しひとり炭つぎぬ

それにしても、これほどわが子への細やかな愛情をみせていた山頭火が、数年後には家庭を放って単独行動に出るなどとは、予想もできないことでした。

山頭火は、妻子と別居することが本意ではなかったはずです。

しかし、この急場を自分が率先して開くほかに方法はありません。種田酒造が破産して、一家の生業を立て直したいという必要に迫られてのことですが、これ以後のことは別に触れることとします。

自由律句の初入選

明治四十五年には、自由律句を作り始めており、翌大正二年の初めに投句を始めました。当初は、定型句とともに自由律句を詠み、いつ自由律句に移行したかについては、はっきりしていません。

正一が、荻原井泉水師の自由律句誌「層雲」に、初めて投句して初入選したものが、次の句です。

窓に迫る巨船あり河豚鍋の宿

今の下関でいえば、唐戸市場から関門大橋にかけての、海峡沿岸にある宿ではないでしょうか？

下関から海峡を挟んだ真正面に当たる北九州の、左の門司から右の小倉にかけての夜景は、下関とあわせて両岸のイルミネーションがきらめいて見える美しいところです。

ふと宿の窓越しに海峡へ目をやると、大きな貨物船が近づいて、今しも通り過ぎようとするところでした。

ほんの半世紀前では、この時の平穏が嘘のようでした。

それも長州藩が、こともあろうにイギリスをはじめ、フランス、オランダ、アメリカの列強四か国の軍艦を相手に、この海峡で戦ったことがありました。

当時の国論は、外敵を撃ち払うという考えが主流でしたが、実際に戦ってみると、軍艦や武器、戦法など、科学技術や兵法の差は、歴然としていました。

このことからみて、わが国と列強とでは、産業の技術や実績に大きな開きがあることを認めないわけにはいきませんでした。

もちろん長州藩では、そんな格差を広く知らしめる意味も、またその効果も考慮したうえでの、下関戦争の開戦ではありましたが…。


山頭火は、大きなスケールの句を詠んでいますね。

大正二年には自由律句誌「層雲」に入選を果たし、これ以後の俳号を山頭火として統一しています。

そしてさらに大正五年には、「層雲」誌自由律句の選者に任ぜられて、指導的な役割を務めることになりました。

種田酒造の破産、
そんな時も時、種田酒造場が、創業十年目にして破産して終わることになったのです。

大正四年、五年と、二年続きで酒蔵の酒をすべて腐らせてしまったからでした。

父の竹治郎は、行方不明となり、山頭火は、妻子を連れて熊本へ向かうこととなりました。

この際、山頭火が頼れるものは、文学仲間をおいてほかに誰もいなかったからでした。

さゝやかな店をひらきぬ桐青し

はるばるやってきた山頭火を、熊本の文学仲間は温かく迎えています。

店舗付きの住宅を借りて、それぞれが手持ちの図書をいくらかずつ持ち寄って、店主一家が到着するのを待っていてくれたのです。

裏庭には桐の木がありました。

桐の木には、両掌で足りないくらいの大きい葉が何枚も茂っており、その葉が重なるようにして初夏の葉影を作って、遠来の客に涼しい風を送ってくれていました。

家財一切を破産整理にあてても、債務の返済には間に合わないという過酷な経験をしてきただけに、見知らぬ土地で、心づくしの準備で迎えていただいたことに、ただ感謝、感謝あるのみでした。

店の名前を「我楽多」と名付けて古書店を開きましたが、生計を賄うには少し心もとないので、額縁や絵葉書なども扱う文具雑貨店として、額縁の販売は山頭火自身が行商をして歩きました。

しかし、顔が知られてくると、酒になることが増えて、行商は黒字を生むどころか、出費がかさんで赤字になる始末でした。

酒を飲んでも、悲愴な思いから抜け出ることはできず、当時の山頭火の酒は「怖かった」という仲間の声もあったくらいでした。

心機一転を試みる

このままでは、どうにもらちが明かないと、いささか焦る思いに急き立てられて、山頭火は一人で上京することを決意したのです。

妻子を連れて上京する選択肢がないわけではありませんが、住む場所も手持ちの余裕もなしでは、いくら強気の山頭火でも軽い決断というわけには、いかないことでした。

山頭火は、大正七年に弟二郎を自死で、祖母ツルを老衰で亡くしています。そして翌八年十月には上京して、食べるための仕事をしながら、文芸の新機軸を拓かんものと、一苦労するつもりで出かけたのでした。

仕事もうまくいかず、そのあげくに関東大震災にも遭遇して、結局は何の成果も出せないまま で、熊本へ帰り着くことになったのでした。

第二のめざめで、自由律句が入選し選者に指名されるところまでは、運命も順風でしたが、ここからが山頭火の生涯で最大の試練の逆風が待ち受けていました。

三　放浪にジャンプ

苦難の生涯を独りで立ち向かう山頭火に、味方するものがまるでなかったかといえば、そうでもありませんでした。

「天の時」に乗る

孟子の言葉に、「天の時は地の利に如かず。地の利は人の和に如かず」（公孫丑章句）というものがありますが、「天の時」について正一は、まさに時宜を得ためざめを経験しています。

その一つには、国家が近代化に向かう潮流にうまく乗って、正一は自我を自覚して、文芸を志しました。十三歳時の最初のめざめです。

二つには、自由律俳句の提唱を干天の慈雨と受けとめて、これをわが道と意気込んだ二十九歳時の、第二のめざめがありました。

「人の和」に恵まれる

孟子の説いている、天、地、人の関係性は、山頭火の場合は種田酒造の破産によって、一たん断ち切られてしまいます。

しかし山頭火は、以後も「人の和」にはずいぶん助けられています。

「人の和」についてては、第二章の熊本市電事件などで、改めて触れるところがありますので、ここでは省略します。

さて、本当に「禅坊主」になって放浪を始めたのは、放浪を口にしてから、二十年後の四十三歳の時からでした。

では、実際に放浪を始めるまでの二十年間は、何をしていたのでしょうか?

初めの十年は、種田酒造を経営していました。

山頭火本人は、種田酒造の十年間について、プチブル生活だったといって、あまり思い出したくない様子でした。

後に、一代句集「草木塔」を自選するにあたっても、全部で七百二句を選んだ中には、この時代に詠んだ句を全く採りあげていないことからでも、彼の気持ちが分かります。

そしてあとの十年では、熊本と東京で約九年をさまよい続けて、残る一年を味取観音堂の堂守に赴任していました。

彼は、宗教人として生まれ変わって新生活を始め、約一年間を住職として務めました。これが、山頭火四十二歳でした。

山頭火が上京した時には、サキノの実家でも、ことにサキノの兄が心配してくれていたことがよく分かります。

サキノの実家の配慮

さて、大正八年十月、山頭火が単身で上京した時のことです。

「山頭火が上京」と聞いて驚いたのは、妻サキノの実家の兄でした。

兄は妹を心配して、「帰って来ないか」と誘ってみましたが、サキノは「健の教育のために、熊本にいる」と答えたのです。

そうと決まれば兄は、妹親子の店の運営効率化や、健の教育資金のために、いくつかの手を打つこととしました。ただ、この出資が山頭火の交際費に消えてしまっては、せっかくの中、長期計画がとん挫しかねません。

この際は、当事者の意向を聴く間もないまま、実質の事務手続きを急ぐこととして、離婚届を東京へ送り、それを熊本へ転送するよう依頼して、進めたというわけでした。

山頭火は、大正十二年九月一日、東京で震災に遭って、がれきと焼け跡の街で生きていく自信がもてず、まずはとりあえず熊本へ帰ってきました。

宗教人として

熊本の市電を停めたその日から、山頭火は報恩寺の望月義庵和尚に師事して、翌大正十四年の二月には、義庵和尚を導師として出家得度して、宗教人として生まれ変わって、同三月に味取観音堂の堂守として赴任したのです。

行乞流転へ

味取観音堂に来て、ちょうど一年が経った大正十五年四月、ついに熱血の心身は、味取の閑寂から解き放たれて、勇躍して行乞流転の旅に出かけました。

まっすぐな道でさみしい

それは、宗教人として修行する孤独な道であり、また人間としての生きる道でもあって、この一本道を自由律句の舞台としつつ、独り歩き続けることになったのです。

永平寺で修行をとも考えましたが、四十三という年齢もあり、行乞に身を委ねた修行に努めて、日々の暮らしを句にすることが、わが使命であろうかと思い直しました。

行乞は、一般の暮らしに接して経を誦し、その報謝に米銭をいただいて生かされる禅僧耕畝《こうほ》としての修行でした。そして、自由律句を生む母体としての、清貧暮らしの修行でもありました。

これが、山頭火第三の「放浪のジャンプ」というめざめでした。

放浪は、消極的には彼が行き着くべきところへ行き着いた道でした。そしてまた、積極的には自由律句の独自の句境を開くこととなる道でもありました。

第二章　熊本市電事件

「熊本市電事件」とは、山頭火の生涯における最も大きな危機の中で、生涯を決するような象徴的な出来事でした。

その危機とは、種田酒造の破産にかかわるものですが、山頭火が三十二歳時から、その予兆は始まっていたものです。

そして、熊本へ、東京へ、また熊本へ…と、約十年を山頭火の心身がさまよい続けていたのです。

うまれた家はあとかたもないほうたる

これからのことを考えると、山頭火は居ても立ってもいられない気持ちになりましたが、しかし、熊本にも山頭火が気の休まる場所はありませんでした。

彼が、しばしの憂さを晴らすものは、酒しかなかったのです。

熊本市電事件は、行く先に希望の明かりが一つでも見えて来ないかと、心細く不安な気持ちで酒を飲んで起こしたことでした。

これまで、大正六年に小倉で、大正八年には大牟田で酒の脱線を起こしたことに比べると、今回は衆目を集めた騒ぎではあっても、特に罪科を問われることもなく、よくぞ冷静に行動できたと、どこかさめたところを感じさせるものでした。

一　木庭と義庵和尚

酔った山頭火が市電の前に立って、走ってきた電車を急停車させた、ということがこの事件のすべてでした。

たまたま通りかかった木庭徳治という教育者は、電車の乗客に大したけが人がいないと見るや、山頭火を近くの報恩寺にいち早く連れて行き、そこの望月義庵和尚に引き合わせています。

木庭はこの日、勤め先の仙台から郷里へ年末休暇で帰省していて、偶然通りかかったところでした。

当然ですが、彼には何の関係もない出来事でしたが、まことに的確な判断がなされ、即時即刻の措置がとられたものでした。

村上護著『種田山頭火』（ミネルヴァ書房刊）によると、木庭徳治は熊本市生まれで、鎮西中学校の教師をしていたところ、数年前に仙台鉄道局教習所の教官に転出しており、当日は、郷里の熊本へ帰省中だったとのことでした。

あわや大事故にもなりかねなかった「熊本市電事件」は、場所が中心街ということもあり、騒ぎを聞きつけた観衆が集まることも予想される中で、官憲の手を煩わすこともなく、市民の手で穏便な措置が講じられたことに驚きを感じます。

木庭をはじめとして義庵和尚の間髪を入れぬ連携のみごとさは、単なる偶然だったのか、あるいは熊本という地域に民度の高さという土壌があってのことなのか？

いずれにしても、迷える人に手をさしのべて救い、さらにこれを活かす手立てが講じられたことに、さすが熱血山頭火も、圧倒されずにはおきませんでした。

教育者木庭の文化

「動けば雷電のごとく、発すれば風雨のごとし…」と言ったのは、高杉晋作を称揚した伊藤博文の言葉ですが、ここで山頭火を連れて寺へ駆け込んだ木庭の動きには、伊藤の言葉を当ててみるほどの俊敏さと的確さとがありました。

木庭は、長らく宗教系の中学校（現・高等学校）で教師をしていました。

その経験から、生徒の指導には、強制することよりも自主的な発奮を促すことができれば、その方が本人にとってより効果的であるということをよく知っていました。

その方法が、木庭の身についた教育的文化というものでした。

そこで木庭は、山頭火の場合は自身の内の問題であると察して、名僧で知られる望月義庵和尚のもとへ、連れていくことにしたのです。

まことにあっぱれな木庭の眼力と決断でした。

義庵和尚の包容力

いずれにしても、助かったのは山頭火でした。

義庵和尚は、山頭火に何も問いません。

事の起こりの記録をとるなど、官公署のやるような事務手続きは一切行わず、清掃と読経について説明し、日程のきまりを守るよう言いつけただけでした。

崖っぷちをさまよい続けた山頭火には、義庵和尚にお会いできたことは、まさに地獄で仏に出会えた思いでした。

心が広く温かい義庵和尚に会えて、ほっと人心地がつきました。そして、こんな平穏な気持ちでいられるのは、いつのころからかと、久しぶりの安寧に寛ぐことができて、心から御仏に感謝をささげました。

落ち着いてきた山頭火は、生まれ変わるつもりになって、義庵和尚のもとで修行することに心を決めたのです。

二　山頭火の胆力

市電事件を起こしたのは、山頭火生涯の大きな危機が、その発端でした。人生の内で、危機をどう乗り越えるかは、その人の成否を決めるといっても過言ではなさそうです。スポーツでも仕事でも、あるいは学校生活においても、ピンチに際していかに冷静に事態に向き合うか、そして、誠実に対応できるか、が問われています。

山頭火は、家族で食べていくことも、自由律句で自分らしい句を詠むことも、壁に突き当たっていました。

まさにそれは、ピンチのど真ん中でした。

この場をどう乗り切るかは、これまで生きてきて蓄えた山頭火の胆力というものが、使い物になるかどうかが問われている場面なのでした。

ピンチだから…

ピンチだから生きる手を考えなくては…、と山頭火は思いますが、しかしいい策が見つからないのでした。

今、自由律句しかもっていない山頭火は、食べていく術としては、全くの無力でした。しかし、離婚する憂き目に遭い大震災にも遭って、またまたゼロまで突き返されていました。しかし、やれるだけのことはやってきたのです。

だから今、気持ちは「開き直りで行こう」という、胆力が奮い立っていました。

言い換えますと、瀬戸際に立った彼の胆力は、これからを生きようとして落ち着いて考えていたのです。それが、未来志向の山頭火らしい明るさでした。

時に「死にたい」と思うことはありますが、それはごく一時的なことで、「死んでたまるか」と気づくと、そこで折り返して、前に向かって「生きていくため」を考えました。

山頭火の胆のすわり＝胆力とは、母の自死に遭い、種田酒造の破産にも遭って、自らの将来を設計して実践し、築いてきた、底力というものでもありました。

苦境にあえぎつつもあきらめず、前を向いて立ち上がり、今度こそと持てる力を振り絞り、自分を信じて実践して築いたものでした。

そんな苦しい経験をとおして、自分の底力を鍛え、強い胆力をもつことができたということでした。失敗しても挫折をしても、立ち上がるという強い信念と気力で、再チャレンジする熱い胆力というものを、山頭火は備えていたのです。

胆力の出番

東京から帰っても、熊本で落ち着きたいと思うけれど、「我楽多」へ居候することは筋が通らず、かといって元手もなく、ほかの考えが浮かびませんでした。

八方ふさがった山頭火は、特別頼れる人もなく、酒を飲んで、思わず走ってきた電車の前に立ちふさがったのでした。

（見よ！無一物の山頭火だ。取れるものがあるなら取ってみよ。）と両手を広げて、天を仰ぎ、思わずわが身を「自嘲」する、胆力の独りドラマを演じていたのです。

自嘲とは、自らを笑う行為でした。

それは己の現実について、もう一人の自分が見るという、冷徹な自己の観察であり評価なのでした。

このような観察や評価によって、自分を厳しく客観視する自嘲は、単なる笑いではありません。これからの自己をいかに復活させるかという、誠心誠意をこめた真剣な自己との対決であり、自己の再建なのでした。

長い人生には、山も谷も必ずあるものですが、谷底をはいまわることがあっても、いつまでもそうではないはずです。なぜ今、谷にいるのかを客観視してみることができれば、谷から抜ける登り道も見えてくることがあるはずです。

山頭火は、無一物で落ち込んでいても、自分を見失うことなく、静かに自身を見つめ、客観視して自嘲するゆとりをもって、これから先の登り口を探そうとしていたのです。

そうした山頭火の様子を、見ていた人があったのです。

それが、木庭徳治でした。

海舟の胆力

勝海舟という武士の胆力についてです。

幕末に、官軍の西郷隆盛と話し合って、江戸の町を戦火で焼かないですませようと、江戸城の無血開城を実現した外交の辣腕家として有名ですね。

海舟は、少年時に剣道の島田道場に入門して猛げいこをして、直心影流の剣と禅を学び、免許皆伝を許されています。

彼は、「死ぬ気で修行すれば、神が見えてくる」と言い、「肚ができなきゃ仕事はできない」とも言っています。

実際に海舟が身につけた剣力と胆力とは、広い視野から判断して幕府の幕引きを平和のうちにやり終えるという、戦わないために使ったすごいものでした。

また、船酔いに弱い体にもかかわらず、咸臨丸でアメリカまで往復してきた胆力にも驚かされます。国を思えばこそその、命を懸けた仕事を胆力で成し遂げた人でした。

山頭火と木庭の以心伝心

一見、不穏そうな山頭火を見て、木庭は、失意でもなく、敵意でもなく、静かに内で燃える情念を認めたのでした。

事件を起こした山頭火の措置については、木庭の経験から、山頭火の内から発する意欲で再生を図ることが、結局は近道になるとみたのです。

ここで、木庭の教育理念を誘い、引き出すものがあったとすれば…、それは、山頭火の「自嘲」の独り劇のほかにはなかったはずです。

山頭火の胆力が演じた「自嘲」のドラマは、木庭の眼で、心で、しっかりと受け止めて、山頭火を自発的な再生の道へと誘《いざな》ったのでした。

この間に、両者が言葉らしい言葉を交わすこともなく、速やかに誘導されたことの背景には、発信者山頭火と受信者木庭との間で、あうんの呼吸というか、以心伝心というべきか、言葉による意思の確認をすることはなくても、直接二人の心と心が通じ合ったとみるべきだと思います。

山頭火の胆力と木庭の眼力とが、がっちりと機能したということでした。

サキノも悩む…、

サキノの気持ちも複雑でした。

実家から手をさしのべてもらったお陰で、健を進学校に進めることができて、親子が暮らしていけるようになったところでした。

それを担保したのが、皮肉なことに山頭火との離籍だったのでした。

口には出せないけれどサキノは、この際山頭火には「一本立ちしてもらうほかはない」と、心に決めていました。

山頭火は…、

山頭火も、話し合うまでもなくサキノの気持ちはよく分かっていましたが、人の情としては割り切れないものを残した状態でした。

サキノに、母フサの慈愛を求めるのは無理なことと思いながらも、心が不安定な時には、母性愛的な無条件の慈愛をサキノに求めている自分を感じていたのです。

そして、わが命と思う自由律句さえも手につかなくなった日には、酒を飲まずにはいられなかったのでした。

無条件の慈愛を欲した山頭火は、その実現を酒中に慈母観音をみようとしたところがあったのかもしれません。

三　「放てば、手に満てり」

曹洞宗の開祖道元禅師が著した「正法眼蔵」の入門編「弁道話」に、「放てば、手に満てり」という言葉があります。

自分が「大事としているものでも、一度手放してごらんなさい。意外にも新しい大事なものが手に入ってくる、ということがあるものです」といった意味のようです。

自分に大事なもの、それは、誠実とか愛などの心の在り方や、あるいは仕事や友人、愛車や愛読書などもあることでしょう。

どれをとっても、かけがえのない大事なものに違いありません。

大事なものは手放したくないものですが、決して手放せないものではありません。あるいは、自分の方でこれは捨てられないものと、思い込んではいないでしょうか。

道元の、「放てば、手に満てり」とは、いつまでもこれまでの習性に頼って、これで安泰だと思っていいものか、と自分に問いかけることが大事だという、わが心への揺さぶりでした。

思い切って手放してみれば、また新しく異なった大事なことが見えてくるものです。そして、それが自分の手に入ることだって可能だということでした。
それでは、山頭火の身の上について考えてみましょう。
山頭火は、ついに捨てるものも何もなくなり、それこそ無一物の丸裸になって、熊本へ帰ってきました。

「放てば…、」

四十二にもなった男が、明日からどう生きるかも分からず、酒を飲んだ勢いで、走ってきた市電の前に立ち、我知らず天を仰いでいたのです。
その瞬間の山頭火は、ただ発作的に、感情の赴くまま無意識で行動したに過ぎませんが、あるいはこれが道元禅師の言われる、「大事なものを手放した」状態だったのではないでしょうか。

「手に満てり」

無心にして無一物の山頭火は、そのあと望月義庵和尚との出会いを授かることになったのです。

そして、「食うや食わずの暮らしをしていて、それで文芸になるのかね?」と、義庵和尚は言葉には出しませんが、山頭火は自分の現状について見透かされたような気持ちになっていました。

生きるための何の力ももたないで、無力な姿で電車の前に立った男を、義庵和尚が待っていてくださったのです。

さすがの山頭火も、和尚にさっそく修行を申し込み、受け入れていただいたのでした。

これこそが、道元禅師の、「手に満てり」だと言えるのではないでしょうか。

四　混とん

熊本から東京へ出てきて、山頭火に何が残ったのでしょうか?

妻と離籍して、図書館の仕事もやめて、そのあげくには大震災で東京に住むことさえも拒まれて、熊本へ帰りついたのでした。

何も持てるものはなく、ただあるのは何の法則性もない、混とんとした自分自身の現実だけでした。

その時の山頭火は、生と死の境界も定かではなく、宇宙の中を漂う粒子群のような、形状をもたない無秩序の、まことに心もとない状態だったと思われます。

青い灯赤い灯人のゆく方へついてゆく

夜空にまたたく星の一生は、最後には爆発して終わるといわれています。

星は凝縮し、最後は破裂して散りぢりの粉々になって、それらはさらに小さな粒子となって、宇宙に飛び広がって漂います。

この状態を混とんといいます。

物質の最小単位である粒子は、宇宙の力関係によってまた動き始めるようになり、しだいに中心へと集まってきて、渦状の回転運動を始めます。

そして、中央へ中央へと渦は凝縮してきて、重力が増して力のバランス関係から、新しい物体となり、さらに成長して新星として生まれてくるといわれています。

星が爆発してなくなり、次に新星が誕生するまでは、星の姿は見ることはできませんが、何もないという無ではなく、星を形成する最小単位の粒子は存在し続けています。

目に見ることはできませんが、あるのです。

山頭火が、市電の前に立ちふさがった時、彼の心の中では失ったものに何らこだわってはいませんでした。

実際には、あれもこれも失ったのではなく、小さな粒子状に分解していて、その状態では見ることができなくなっていたのでした。

それはまた、新しい星として誕生する直前の段階でもありました。

ただし、新しい誕生に必要なエネルギーを得なければ、再生することは不可能なことで、宇宙は物質とエネルギーとの関係で、混とんと秩序との間を往復してそれを繰り返しているものなのです。

混とんから再生へ

山頭火が、これから新しく生まれ変わるために必要なエネルギーとは、望月義庵和尚のもとで、一心に蓄積するつもりの修行でした。

思い返してみれば山頭火は、この十年足らずの間に、種田酒造を手放し、ふるさとを手放し、そのうえ妻も手放していました。

かけがえもなく大きなものを、次々になくしたようですが、本当になくなったのは物や金だけでした。心に刻まれたものは、ありがたいことに、いつでも生きて蘇ることができました。

義庵和尚は、山頭火に「何を悩んでいるのか」とは聞こうともせず、読経や座禅、作業の時間などを示すのみで、それから、ものの二か月余りの修行で出家得度を許されたのでした。

そして大正十四年三月には、植木町の味取観音堂の堂守を任されたのです。

これも、道元禅師の言われた「放てば、手に満てり」という道理を、そのまま体現できたものといえました。

なぜなら、市電の前に立った茫然自失の山頭火が、小さいとはいえ禅宗の観音堂堂守として、独立した住職に生まれ変わることができたのだから…。

五　独立独歩の道

義庵和尚は、危なっかしい橋を渡っていた山頭火が、寺に連れてこられた姿を見て、トンネルを抜け出てほっとしたような表情を、見逃してはいませんでした。

こだわりやしがらみを捨て去って、この方もどうやら暗い闇を抜けることができそうだ、と見てとったのです。

あとは道筋さえつかむことができたなら、独り歩きする力はある、というのが迷える山頭火について、義庵和尚が下した見立てでした。

山頭火は句友たちのおかげで、今まで問題になることはありませんでしたが、やりきれない経験は結構してきており、このたび義庵和尚の人間の大きさに触れることができて、修行の理想的なモデルに出会ったという思いがしました。

許して受け入れる

寺では、事情聴取に当たるものはありませんから、「何とばかなことをしたのだ」と、すんでしまったことに時間をかけることもなく、これからどうするかについて、本気で考えることができたのです。

義庵和尚は山頭火に、「ここで修行する気があれば、寺に住み込みで修行してみますか」と誘われました。

そうだったのか、お寺とは、宗教とは、迷える人や弱い人、失敗や挫折した人を、温かく許して、互いに受け入れるところであり、愛と勇気を実感できるところなのだ、と山頭火は身をもって教えられたのでした。

耕畝として…

大正十四年二月、山頭火は、望月義庵和尚を導師として出家得度します。

大学まで行って学問を積んできた山頭火には、「世間を歩いて人間を耕しなさい」という、願いを込めた命名であったかと思われます。

山頭火の生きる道

食べていくことに苦労して挫折し、これからどうしていいのか分からず、熊本市電事件を起こしていました。

この事件は、山頭火の大きな転換点となり、それ以後彼の生活や句が、新しい境地に前進していきます。私もこの事件までを、山頭火の前半生とみることにしています。

大正十四年二月、彼は四十二歳で、墨染めの法衣を着た僧侶として、全く新しい人生を生きることになり、同年三月には、味取観音堂へ赴任します。

山頭火は、まさにピンチをチャンスに切り替えて、新しく後半生を踏み出したのです。

松はみな枝垂れて南無観世音

味取観音堂の正面にある登りの石段には、両脇に松並木がありました。

並木の松の枝は下へ向いて伸びていて、お参りする人に手をさしのべているようでした。

山頭火は、観音経を誦しながらここを通ります。

義庵和尚のお導きで、行乞して生かされる身となりました。今は満天の星空と地上の草木など、大自然の仲間入りして見守られ、これをありがたく感じて拝む心で感謝をささげる、落ち着いた日が送られるようになりました。

第三章　憂いの放浪から、満ち足りた放浪へ

山頭火は、一カ所で暮らすことにあきたらず、曹洞宗の行乞僧として修行をしながら句作をして、各地を巡り歩くという暮らしに行き着きました。

大正十五年四月、ちょうど一年務めた味取観音堂にお別れして、果てのない根なし草の旅に出ることにいたしました。

山頭火四十三歳の転身でした。

義庵老師には申し訳ないことですが、自分を偽って住み続けることはもっとよくないことと思い、ついに観音堂を出ることにしたのです。

放浪流転のいいところは、独り暮らしで自由な生活ができるということでした。

ただし、生きて行くために行乞に励むことと、生きる目的の句作に努めることは、自ら生きている証でもあり、これから未踏の地で行乞と句作に挑まなければならないというものでした。

自分を正直に生きて、自分らしさを掘り下げることを、自由律句の課題としていますから、放浪する暮らしの中で、どんな出会いがあって自分がどう感じるかを追究して、これを句作の上に残していきたいと考えたのです。

行乞

山頭火は、一人の仏徒として墨染めの法衣に頭陀袋と袈裟を肩からかけ、手には鉄鉢と杖を持ち、頭に網代笠をかぶります。

このような姿で、集落の家の軒先に立ち、仏の道を説いた観音経などのお経を誦して、お米やお金を鉄鉢にいただいてまわります。この修行のことを行乞といいます。

笠にとんぼをとまらせてあるく

ある日には、こんなほほえましい同行の連れができました。

笠は、第一に雨を除けるためのものですが、冬の雪除けや夏の日除けでもありましたから、旅装束の中では一時も離せず、傷みも早いので、傷んだところには紙を貼りその上に柿渋を塗って補修して、大事に使っていました。

笠も漏りだしたか

放浪暮らしも五年目となると、今度は逆に癒し所が欲しくなるといったわがままが起こります。それは人間として当然のことでもありましたが、これを笠の傷み具合で婉曲に表しています。

一　憂いの旅立ち

さて、四十三歳の壮年となって一大転身を図った山頭火ですが、独りで果てのない旅に出るという初めての経験には、不安がないとはいえませんでした。

しかし、宗教家としてはもちろん、文芸家としても得難い経験になることと、多難は承知のうえで、新しい行脚の暮らしに挑み、日々に迎える新鮮な舞台に臨んで、句を詠むことへの期待に胸を膨らませていました。

それはまた、未知の世界へ飛翔しようとする山頭火らしい意欲があふれていて、まずは行動して、それから考えるという生き方でもありました。

そんな不安と期待とを相半ばさせながら、行乞僧の第一歩を踏み出したのです。

行乞流転の生活は、自分独りで歩き、そうした自身を見つめるという孤独な道であり、強い信念がなければ、続けることはできない修行でもありました。

自由とは、自らに出ること

放浪する旅は、確かに自由な身ではありました。

今日はどこまで行かなければ…、という義務もなければ、何をしてはならないという制約もありませんでした。

しかし、自由さえあれば心はいつも晴れているかといえば、そうとはいえません。お金や物がなければ、不自由なことは多々ありました。好きな酒もままなりません。ところが、物が不自由だからこそ、かえって見えてくるということがあったのです。

自由に暮らすということは、誰を頼ることでもなく、ただ自分自身を拠りどころとしてのみ、生き抜くという信念の暮らしでした。

それは自らを信じて、平素からわが身に問い、わが身が答えるといった、単純にしてしたたかな暮らしのスタイルでもありました。

清貧暮らしの発見

清貧の暮らしは、不便さもありますが、あるだけで満ち足りていれば、今まで見えなかったことが見えてくるといった、発見ができる暮らしでもありました。

何のための自由で、何のための不自由かを考えると、人生に自由も大事ですが、不自由も大事な意味がある、ということに気づいていただけると思います。

行乞僧は、一般に生産活動をしませんので、民からの報謝によって暮らします。したがって、その暮らし向きはいたって質素であり、物を無駄にしないように努めて、食材や食器、道具類なども、必要最小限のもので間に合わせています。

山頭火は、駅弁のお茶のふたを拾ってきて、湯飲みや猪口の代わりとしていました。また、ダイコンやサツマイモを道端で拾うと、それで炊き込みご飯にしていただいていました。

いただいて足りて一人の箸をおく

このような、質素に徹した暮らしを、清貧暮らしといいます。

「健康によさそう」と思われる方があれば、それはお目が高い方ですね。

雑念妄念を捨てて、食事もあるものをよく噛んでいただき、それで満足します。そして最後の一粒一汁まで、ありがたくいただくのでした。

こんな気持ちでいただいていれば、健康に悪いはずがありません。

そして、清貧の暮らしをしていることで、米のもつ本当の味が分かってくるといいます。それは野菜の味、果物の味、魚の味のそれぞれを、本当の味として味わい尽くすということでもありました。

食べ物だけではありません。

人間が生きることの意味について、清貧暮らしで修行した人がありました。山頭火は、先輩の良寛和尚や、良寛の先輩の桃水和尚などの修行に、清貧暮らしの真髄を学んでいました。

憂愁の旅立ち

次の句は、大正十五年四月十日、義庵和尚から託された味取観音堂を出て、放浪に出かけた時、最初に詠んだ句です。

前書きには、「解くすべもない惑ひを背負うて、行乞流転の旅に出た」とあります。山頭火には、食べて生きていくことと、自分らしい自由律句を作ることの二つが、さしあたっての仕事でした。しかし、食べて生きることが最近は揺らいでいて、俳句どころではなくなっていたのです。

分け入つても分け入つても青い山

九州の肥後から日向へ向かう山道は、人里にも行き交う人にも、めったに会うこともない寂しい一本の道でした。

人に会わなければ寂しくなるが、人に接しすぎると自分を見失うことがあって傷つき、わずらわしくなることがありました。

行乞流転は、自分自身が選んで踏み出した道でした。

目には青葉若葉が次々と重なって現れましたが、この行く先が開けるという明るい見通しなどはなく、心は灰色にどんよりと曇っていました。

そして、どこまで行けば終わるという目標が、この旅にはなかったのです。

いや、そんな目標など持ちようがない旅なのでした。それが、山頭火を不安にして、寂しくもしていたのでした。


こだわりを捨て、あるがままの自分で放浪して、自分を見つめたいと思っていました。そして、あるがままの自分の真実について、句に詠みたいと願うのでした。

炎天をいただいて乞ひ歩く

初夏の太陽の炎熱も、今日のわが身の試練でした。これをありがたくわが身に受けながら、一日の行乞を無事に務めさせていただきました。

この旅、果もない旅のつくつくぼうし

春のウグイスを聴いて旅立った山頭火が、日々同じような繰り返しを重ねているうちに、つくつくぼうしを聴くころに移っていました。

木の葉散り来る歩きつめる

暑い盛りの日中の行乞も、おかげさまで元気に歩きとおすことができました。閑居すれば出かけたくなり、出かけてみれば寝床が欲しくなる、それが人間の欲望であり、雑念というものでした。

しかし、半年ほども歩いていると、いつしか落葉を見かけるようになり、行乞流転の旅にも慣れて、しだいに日常の落ち着きをもてるようになりました。

二　満ち足りた旅へ

山頭火が放浪を始めて、さらに二〜三年も過ぎてくると、放浪が我が家といった、自分と放浪暮らしとが一体感をもったものとして、親身に感じられるようになり、なんだか満ち足りた風にさえ思われます。

へうへうとして水を味ふ

放浪の初めのころの緊張や強迫の感覚がとれて、周囲の山や水、動植物など、自然の大きな生命体に、いつしか組み込まれてきたような安ど感が伝わってきます。

しばらくは苦しんでいた山頭火でしたが、愚痴もこぼさず独りで耐えてきて、行乞放浪の暮らしに親しめる境地になったのかと、ほっとさせられます。

山頭火の、「へうへうとして…」の句をみていますと、良寛和尚の詩を思い出します。

良寛は、諸国を放浪して越後に帰り、国上山に五合庵を結庵して、しばらくそこで暮らしていました。

その五合庵で詠んだ詩があります。

おそらく山頭火も、この詩を念頭においてこの句も詠んだのではないかという気がしています。

清貧暮らしに満ち足りている良寛の様子を、ご紹介しましょう。

生涯　身を立つるにものうく

騰々　天真に任す
嚢中　三升の米
炉辺　一束の薪
誰か問わん　迷悟の跡
何ぞ知らん　名利の塵
夜雨　草庵の裡
双脚　等閑に伸ばす

「生涯、立身や金儲けなどを考えることが嫌で、すべて天の運に任せてきた。

今、袋の中には行乞でもらった米が三升あるだけ、炉辺には薪が一束あるだけで、これだけあれば十分だ。

迷いや悟りなどは知らない。名声や利得などは関係なし。

自分は、夜の雨が降る草庵のうちにいて、二本の足をのどかに伸ばして、満ち足りている。」


というものでした。

良寛の詩には、彼の純粋な人柄がしのばれます。

物はなくても満ち足りている良寛の、実におおらかな生き方が、爽快にさえ感じられませんか？

清貧と孤独との厳しい修行で鍛えぬいた良寛の精神には、求道者として貫徹する意志の強さとともに、衆生を慈しむ優しさがありました。

山頭火は、常々良寛を敬慕していますが、彼の純粋さには真似ができないものがある、とも言っています。

このたびの「へうへう…」の句には、山頭火が苦難の人間界を越えて、自然の大きな世界へ、と、こだわりを捨てて、新しい境涯に入ったことを感じさせてくれます。

それは、良寛が悟った境涯に通じるもののように思われます。

木の芽草の芽あるきつづける

放浪を始めて五年目の春を迎えた句です。

万物が精気づき、木や草が芽吹き始めると、周囲の野山も息づいてきて、流れる小川や吹き渡る風にまで、生命体のもつ温かさや脈動が感じられました。

けさもよい日の星一つ

澄んだ好天の秋空がしばらく続く中で、気も心も清々として今日も出かけることができました。

日の出前の美しい朝の空を見上げると、東の空には、明けの明星がただ一つ、きらりと輝いていました。

三　山頭火の拠りどころ

山頭火は、自分が自由になりたくて寺を出て、日々を新たにする放浪暮らしに入りましたが、生活と環境は絶えず姿を変えていながら、少しも変わらないものが心の中に必要なことを気付かされました。

それは、山頭火が大切な拠りどころとするものでした。

具体的な拠りどころは、敬慕してやまない先達であり、読書であり、そしてふるさとでした。

この放浪の暮らしを始めてから、山頭火の自由律句にも美しい自然の句、感動した心の句、あるいは伸びやかな句など、それぞれの舞台に応じて、変化に富んだ句が増えてきました。

そうした中において、変わらない彼の拠りどころとして持ち続けていたものが、はっきりと顔を出してきました。

山頭火の学習スタイル

山頭火が師と仰ぐ良寛には、純粋な気質があり、孤独や沈黙の厳しい修行に耐えて、自らの人格を匂いのように感じさせる雰囲気をもたせました。

それが、良寛の人格がもつ、彼独特の高雅さとなっていました。

その雰囲気で人々に接して、「へうへう」とした良寛は、ただそれだけで感化するという、お経も言葉もいらない伝道ぶりだったといわれます。

これは、良寛が自ら体得した独自のものであり、山頭火には山頭火の生き方があり、また独自の句境がありました。

山頭火の「学びのスタイル」としては、次のような特徴をもっていました。

その一つが、読書を重用した温故知新の学び方でした。

温故知新は、孔子の論語（為政篇）にある言葉で、「ふるきをたずねてあたらしきをしる」と読みます。それは、先達を敬慕して関係著書を絶えずひもとくという、学びの姿勢でした。

二つには、自分で体験してみるという活動をとおした温故知新の学びでした。

先賢の遺跡を訪ねて、清貧の放浪を試みるなど、自ら進んで実践することで、本物を観ようとする、意欲的で行動的な学び方でした。

読書という拠りどころ

正一が、文芸に志したきっかけの一つには、本が好きだったことが挙げられます。

読書は、それほどに山頭火の生活と切り離せないものでした。

彼にとっての読書は、「好きこそものの上手なれ」といわれるとおりで、本を読むスピードが速く、著者の意図や作品の狙いを的確に読み取る読解力が鋭いために、文芸の基礎的な学習や訓練は言うに及ばず、自らの創作活動にとっても、想像や空想に羽を広げて、いっそう有効なものとなりました。

放浪してからも、悪天候で屋内に閉じ込められる日など、読書が楽しめることは願ったりかなったりでした。

また、読書の習慣をもち、読書の蓄積があるということは、ふるさとの原体験とも相まって、山頭火俳句の基礎資源が豊富ということでもありました。

旅をして、新しい情報に出会えれば、即座に句を作るということが断然多かったのですが、句集に句稿を出すときなど、しばらくのちにこれを改作することもまた、よくあることでした。

行乞放浪している途上の読書をみても…、

小説随筆類では、春琴抄、浅草紅団、茶の本、菜根譚、がみられ、エミール日記、ファーブル昆虫記などがあり、詩歌類で、芭蕉俳句全集、良寛詩、井月全集、寒山詩などが…、禅書では、正法眼蔵、無門関など、広い領域にわたる読書だったことが、よく分かります。

彼の読書の傾向を一覧するだけでも、それが彼の生涯において、「芸に遊ぶ」という心境をよく物語っているように思われます。

ふるさとという拠りどころ

山頭火は、三十三歳でふるさとを離れなければならなくなりました。

傷心を抱いて歩くとき、あるいはふるさとを思い出させる光景に出会ったとき、ふいに心は少年に返って、満たされた気持ちになり、不安定だった心は落ち着いてきて、新しい意欲がわいたようでした。

山頭火には、ふるさとの一コマ一コマが、心の拠りどころなのでした。

その輝いた幼少期の光景には、山頭火らしさの原形が自然のままで残されていて、それが蘇ってくるのです。

ふるさとの思い出は、特別なことばかりではありません。

不思議と大事件でもなく、鮮やかな原色が目を奪うでもなく、しごくありふれたことが多いようでした。

幼少期の原体験といわれるものは、外国旅行の思い出とは異なり、ごく見慣れた平凡な記憶が今の自分を無意識に構成しており、それが何かのきっかけで思い起こされてくるものでした。山頭火には、そんな思い出がいくらもあり、それらが俳句を生み出す豊かな土壌になっているように思われます。

1　ふるさとの蕎麦

蕎麦の花にも少年の日がなつかしい

昭和五年といえば、山頭火は、九月半ばに日記や句稿など、記録していた原稿のすべてを焼き捨てています。そして、また放浪へと熊本を旅立ちました。

これまでの自分を清算して、新しく出直す必要があったことは、分からないでもありませんが、その思い切りの良すぎる行動には、いささかの驚きを伴いました。

しかし、いったん心に決めたことは決行する、という潔いところも、山頭火の持ち味に違いありません。

南九州に向かうのは、五年前に次いで二度目でした。

日南海岸沿いに歩いていると、蕎麦畑が見えてきました。はるか四十数年をさかのぼって、故郷の懐かしい光景が浮かんできたのです。

九月から十月にかけて、淡い緑の葉の間から白い小さな花が一斉に咲き始めます。蕎麦畑の風景は、背が低くて色も淡く、しごく地味な景色でした。

でも正一少年の目には、薄い色はさわやかで、背の低いところはかれんに見えて、忘れられない存在として、印象が残っていたのでしょう。

ふるさとのそばのあしいよ〳〵あかし

小郡其中庵《ごちゅうあん》に入った山頭火は、気分転換に近くをよく散策していました。そして蕎麦畑を見ると、懐かしくなってよく詠んでいます。

蕎麦が実をつけるころになると、成熟したことを知らせるかのように、茎の根元が赤く色づいてくるものもありました。それがまた、ふるさとで見かけた蕎麦の同じ種類であろうかと、懐かしさとうれしさを二倍にして楽しませてくれました。

2　ふるさとの水

ふるさとの水をのみ水をあび

夏になると正一は、佐波川や富海の海水浴場に友達と泳ぎに行ったものでした。スポーツは、あまり得意ではありませんが、近くに川があり、富海も山陽線の汽車で一駅の距離なので、よく遊びに行きました。

この句は、昭和八年に佐波川の上流を行乞して歩き、少年時を思い出して懐かしんでいる句です。ＪＲ防府駅北口の西側、交番の前に、山頭火の銅像とせせらぎが作られています。その銅像の台座に、この句が刻まれています。

3　ふるさとの山

ふるさとは遠くして木の芽

瀬戸内の春の山は、木々の梢が芽吹き始めると、山肌が萌黄色に柔らかく膨らんで見えたものです。嬉野で結庵の交渉が不調に終わり、失意を胸に歩くうち、ふるさとの山の光景が蘇ってきたものです。

四十九になったその年の内には、自分の草庵を結びたいものと、正月に緑平とも相談してきたばかりでした。

温泉が好きな山頭火は、嬉野であれば福岡や熊本の句友にも近く、ここがいいと心が動いて交渉にかかりましたが、相手には相手の論理があったようでした。

そんな苦い思いを吸い取るように、はるかなふるさとの淡い萌黄色の山肌が、目に浮かんできたのです。

この句を刻んだ石碑は、防府天満宮の裏の公園に建てられています。

4　ふるさとの花

ふるさとの学校のからたちの花

正一が通学した松崎尋常小学校には、今でもからたちの生垣が、校地の西側と歩道との境界に植えられています。そして、その生垣の中には、この句の石碑も建っていて、現在の児童を見守り、語りかけています。

からたちは、白い五弁の花を四月から五月にかけて開き始めます。

そのあと、葉が出て実をつけます。

ふるさとはみかんのはなのにほふとき

温泉好きな山頭火は、嬉野をあきらめたあと、次の結庵候補地に選んだのが、下関の北の川棚温泉でした。

川棚へ来てみると、温泉宿のはずれには大きな曹洞宗のお寺があり、これも何かのご縁かと思い、嬉野の敗者復活戦に挑もうと、血が燃えてきました。

川棚の山すそにはミカンの木が植えてあり、白い花をつけていました。ふるさとでも、この時期にはミカンの花が匂うころでした。

しかし、三か月間を粘り強く交渉しましたが、良い結果には至りませんでした。

第四章　日記焼き捨て事件

熊本市電事件では山頭火の胆力が、危機を越えて思いがけずよもやの新天地を開く原動力となりました。

この「日記焼き捨て事件」は、熊本市電事件から六年の後に自ら起こしたものでした。それは、これまで書き溜めた日記や句稿を焼き捨てたというものであり、その経緯をみておきたいと思います。

ところでこの昭和五年という年は、山頭火が放浪を始めて丸四年が過ぎたところであり、これから先をどうするかという節目の年でもありました。

また一人息子の健は、進学していた大分高等商業学校から、この春秋田鉱山専門学校に受け替えて、進学し直した年でもありました。

山頭火もほっとして、店番を手伝いながらしばらくは放浪疲れの体を休めて、かたがた遠くへ進学した健の応援に資すればいいと思っているふしがありました。

しかし、山頭火が「我楽多」にこのまま居続けるということは、できることではありませんでした。

百舌鳥啼いて身の捨てどころなし

百舌鳥の鳴き声は、ほかの鳥をまねるなど愛嬌もある鳥ですが、餌の小さなバッタや蛙をとって、木のとがった枝に串刺しにして忘れるといった残酷なイメージもあります。

このような、野蛮で残酷な印象があることから、あまり縁起のいい鳥とは思われていないようでした。

山頭火は、キィーキィーと甲高い声で威嚇するように鳴いた百舌鳥にハッとして、「わが身の置き所も見つからないよ」と、寂しく嘆いています。

サキノは、健の教育のためここまでやってこられた裏には実家の厚意があり、山頭火が着の身着のままで帰ってきたとはいっても、「我楽多」でこのまま一緒に暮らすような、なし崩しにはすべきでないと思うのでした。

一　山頭火の自罰力

健を秋田の学校へ送り出して半年が過ぎるころ、山頭火も自分の身の振り方を改めて考えてみましたが、結局はまた放浪するよりほかに、方法は考えられませんでした。

「よし、熊本を出よう」

このたび、周囲に迷惑をかけてきたこと（酒の借りができた）は、独り自分の不徳によることであり、他に誰の問題でもなかったからでした。

自身が責任を取って熊本を去ればいい、と心を決めたのでした。

自分が苛立っているだけで状況は何も変わらず、ただ飲み代がかさんでしまい、転一歩をどうするかと、山頭火の決断を待つばかりとなっていたのです。

このたび熊本を出てけじめをつける際には、自分の身を切る思いで日記や句稿を焼き捨てて、そこから再出発することにしようと思い至ったのでした。

焼き捨て〝日記の灰のこれだけか

心に決めたことは、迷うことなく実行する山頭火でしたが、大正十五年四月から放浪を始め書き溜めた日記や句稿は、日々の実践で築き上げた山頭火ただ一つの財産なのでした。

さすがにこれを手放すには、惜しい気がしないでもありませんでした。

しかし、自分の最も大切なものだからこそ、わが身を切るに等しい懺悔と復活の証として、潔く清算すべき時だと思ったのでした。

時間をかけ文言を選んで書いたものですが、燃やすとなれば、ただ一瞬の一握りの灰が風に漂っただけでした。

山頭火は、失敗もしましたが自らを顧みて懺悔することにも誠実で律儀でした。

そして、自分に対しても罰が必要と思えば、厳しくわが身に科しています。

大事な日記を焼き捨てるなど、万人が万人にできることではありません。山頭火だからできたことであり、自らを断罪する厳しい行為でした。

それは、山頭火が自身を復活させるために通らなければならない細い道として、厳しい自罰力による踏み絵を、わが身に科した儀式だったのです。

熊本を出ると聞いた句友は、山頭火の決断に驚くとともに、この行為を潔しとして内心でたたえ、餞別を持ってきてくれました。

朝は涼しい草鞋踏みしめて

ありがたい句友の心尽くしを受けた山頭火は、一晩でこれを飲み尽くし、思い残すこともなく、熊本を出立して行きました。

山頭火は潔癖な性格ゆえ、自らを厳しく罰することで過去を清算し、再生の放浪に出たのでした。

ネガティブな行動に自罰という歯止めをかけて、次のポジティブな復元行動に向けた開き直りを、自らの胆力で起こしたものでした。

句友は、山頭火の強い自罰力や実行力に触れ、その徹底した厳しさと、これから開き直って再生するであろう彼の復元力にも期待して、敬愛を込めた餞別を贈ったのでした。

昭和五年九月、山頭火と句友が交わした以心伝心では、彼の放浪を後押ししましたが、さらにこの年の暮れに、山頭火の定住自活を発足させることになりました。

二　開き直りの心

昭和五年九月、勢いよく熊本を出て、鶫戸や志布志をまわっていると、季節は秋も深まって、清々しい空が臨めるようになりました。

熊本を出る直前に、日記や句稿を焼き捨てましたが、あれでよかったのだと自分の気持ちも吹っ切れました。

今回の旅の句には、心が晴れて清澄な句が増えました。

まつたく雲がない笠をぬぎ

澄んだ秋空も素晴らしいけれど、それを仰ぎ見る山頭火の気持ちが、もっと澄みきっていたはずです。

こんなにうまい水があふれている

海よりも山が好きな山頭火には、湧き水に出会える楽しみも、山に一票を投じた理由があったように思われます。

山道で水に出会う幸せは、生きていることの喜びであり、水を味わうことの喜びでもありました。

穴にかくれる蟹のうつくしさよ

青島海岸近くの道を歩くと、小さな蟹の群れに出会うことがありました。

砂浜の砂の色と同じ色の蟹もあり、赤く色づいた蟹もいました。彼らは、人の動きを察して、素早く穴に隠れ、また出てきて、大きなはさみを振っていました。

波と人を上手によけながら、干潮のえさ場を歩く蟹の愛らしさが目を引きました。

昭和五年の暮れには、山頭火も四十八になります。

九月初めに威勢よく熊本を出立しましたが、二か月も経つと、やはりどこかへ寝床を持ちたいものだと、晩秋の寂しさが里心を揺り起こしました。

家を持たない秋がふかうなつた

十一月の下旬に、緑平居に三日ばかり滞在させてもらって、熊本で定住自活をしてみたい旨を相談したところ、緑平も賛同してくれました。

さっそく発起人を決めて、山頭火の後援会を立ち上げることに話が決まりました。

三　山頭火の隠し味

単純に、純情に生き抜いた山頭火ですが、彼の自由律句には、意外と表面に出ない影の顔が潜んでいるものがありました。

これを私は、山頭火の「隠し味」と称することにしています。その隠し味のいくつかを、紹介してみたいと思います。

この隠し味には、俳句の表面に出ていませんが、山頭火の人柄や心のありようを察する楽しみもありますので、結構おもしろそうに思えてとりあげてみました。

1　炎天の熊本よさらば

前の晩に句友の餞別を飲み尽くして、少し蓮っ葉に「さらば」と言い切って、熊本を出かけるあたりは、粋な下町の江戸っ子を思わせるような調子ですね。
思い切りのよさなのか、あるいは吹っ切れた何かがあったのか。
少し気になりませんか。

これを詠んだ時の彼の心情は、実はこの句にあるような、歯切れのいいものではなかったようでした。むしろ、やりきれない気持ちがたまっているからこそ、逆手を取った歯切れのよさのようでもあり、その裏では、彼の精神力の確かさを読み取ることができる句だといえるように思います。

日記を焼き捨てて、こんなに明るく再出発できるなんて「山頭火って、いいなぁ」と、思われませんでしたか？

このように、自らの情を抑えることで周囲を丸く収まるようにと、彼は知らぬふりで通す気遣いができる人でした。

句友に支えられた山頭火ではありましたが、山頭火も句友に対して、「悪いのは自分一人」と言わんばかりに、日記を焼き捨てて、熊本を出て行ったのです。この義理堅さ、律儀さは、彼の魅力の一つに違いありません。日本的な魅力といっていいでしょう。

温泉地に結庵を

昭和七年の山頭火は、「今年こそ結庵する」と、強い思いを込めて、正月から緑平に相談して、本人の覚悟のほどを示した年でした。

第一案は嬉野温泉でしたが、こちらが良しと思っても、受ける方にも条件があることがよくわかりました。

次の第二案は、川棚温泉でしたが、ここでも人脈はなく、嬉野の二の舞となってしまいました。交渉は、まる三か月も粘りましたが、結果は不調でした。

2　けふはおわかれの糸瓜がぶらり

熊本の義庵和尚にも協力をお願いしましたが、感触は必ずしも悪くはなかったのですが、檀家会議の判断は、ノーでした。

土地の安い宿でしたが、長居することになり、さぞかし山頭火の腹の内は、煮えくり返っていたことでしょう。

しかし、さすがに表に出すことはありませんでした。

そこは四十九歳の大人として、「糸瓜がぶらり」と軽く受け流しています。

3　こころおちつかず塩昆布を煮る

「こころおちつかず」とは、何を指しているのか、このままではよく分かりませんが、「塩昆布を煮る」というあたりに、頭を垂れて、今はこうしているほかに間がもてない、といった彼の神妙な姿が、目に浮かぶようです。

すでにお感じになっているとおり、「塩昆布を煮る」というところが、彼らしい悔悟の動作であり、酒の飲み過ぎを反省した行動に違いなさそうです。

その前に、いったい何が山頭火の心を落ち着かせなくしたのか、その出来事についてみておいてください。

そこまでの経過を概略まとめますと…、

山頭火は昭和五年十一月、定住自活を緑平に相談したことから、その後、各地の句友が後援会を組織して、山頭火の支援体制ができました。

三《さん》八《ぱく》九居《きょ》から其中庵まで

昭和五年十二月、山頭火は熊本に三八九居を構えて、定住自活を始める。

昭和六年一月から、三八九会を始めて、句誌「三八九」の編集、発行にかかる。
同年三月に、三八九会の運営に行き詰まる。
同年十二月、三度目の放浪生活を始める。
昭和七年、結庵について、一〜三月に、嬉野温泉を当たるも交渉が不調。
六〜八月を川棚温泉にて交渉するも、またも不成立に終わる。
そして九月、山口小郡町国森樹明の尽力で、山頭火、其中庵主となる。

句友の善意に恥じる

其中庵へ、後援会会長の三宅酒壺洞から、会費の残金を送り届けてきたのです。元はといえば結庵資金のはずが、入庵し終わってから届いたとあって、当面の買い物にあてれば、あとは自由に使える金にみえたとしても無理のないことでした。

こんなことは、山頭火の生涯でもかってないことでした。

臨時収入があれば、これを仕分けして、計画的に支出するといったことは、山頭火の経験にはないことでした。手元になければ辛抱するが、あれば使い切るというのが、これまでの山頭火の習いでした。

その晩も、金はあっという間になくなって、近くの句友を煩わして不足の仲裁に入ってもらって、何とか事なきを得たというのが実情でした。

「自己清算、それができなけりゃもう生きていられなくなった」と、当日は、苦しい告白をしています。それが当人の本心だったに違いありません。

これが「落ち着かない」ことの正体であり、いたたまれない悔恨が塩昆布を作らせていたということでした。

山頭火が、一言も口外しないでいる懺悔の気持ちは、後援会を組織して会費を集め送金してくれた、句友に対する自分の情けない行為があったからでした。

4　ひょいと四国へ晴れきつてゐる

山頭火が湯田へ移ったと知った大山澄太は、さっそく湯田を訪れました。

すると、湯田は一時の仮住まいで、温かい松山あたりへ最後の転居をしたいと話すのでした。偶然の成り行きでしたが、澄太自身も夫人の実家がある松山に、退職後はゆっくり過ごしたいと考えていたところでした。

その前に山頭火は、一度行きかけて果たせなかった、伊那の井上井月墓参をぜひすませたいとも言うのでした。

話を聞いた澄太は、どうやら最後の旅と覚悟した様子の山頭火に、できることならかなえたいと思い、企画の準備にかかったのです。

まず、昭和十四年五月、澄太のおかげで、三度目の東上の旅に出て、念願の井月の墓にも参ることができました。

澄太の企画で四国へ

澄太の指示にしたがって、あとは四国松山行きを待っておればよかったのです。

というのも、俳句王国といわれる松山ですが、今の山頭火には、一人の人脈もなかったからでした。

そして昭和十四年十月一日、山頭火は澄太が書いてくれた高橋一洵あての紹介状を唯一の頼りとして、松山へと船で向かったのでした。

松山では、野村朱鱗洞という自由律句層雲派の、嘱望された若い俳人があり、山頭火も彼とは交流をもっていましたが、残念なことにスペイン風邪という流行性感冒に倒れていました。

そのほか山頭火には、友人知己の一人もいなかったので、心細くないといえば嘘になりますが、そこは山頭火らしく、いかにも明るく気ままな感じに、「ひょいと」出かけたと言いたかったもののようです。山頭火の胸の内では、「澄太よ、本当にありがとう」という感謝の気持ちでいっぱいだったことでしょう。

しかし彼としては、相手が親しい澄太だけに、感謝という言葉を使わないで感謝を表したいと思ったに違いありません。それで逆にそっけなく、軽い気ままを装ったように思われます。そこが、実は山頭火らしいしゃれた隠し味でもありました。

5　濁れる水の流れつつ澄む

山頭火は、来し方を顧みて、「澄んだり濁ったりの人生だったのか」と、苦しい告白をしています。それは酒の失態についてだろうかと、すでにお気づきのことでしょう。

「えらいことをしてしまった」というのが、失態をしたあとの、山頭火の思いでした。「愚劣、愚劣、醜悪、醜悪」と、自らを厳しく責めて嘆きますが、簡単に元に戻れることではなく、また不可能なことでもありました。

山頭火のとれる道は、句友に正直に告白して、とりあえず返済のめどをつけることしかなかったのでした。

このように山頭火は、遊びで身を持ち崩した若旦那のような持病をもっていながらも、句友たちは彼を捨てないどころか、その急場をしのぐ手伝いもしてきたのでした。

そんなところをみても、山頭火の人間味には、句友を引きつけて離さない何かがあったように思われます。

山頭火の人間味

句友からみた山頭火は、第一に自由律俳句の師匠でした。それも、師匠然とした格好を嫌う、気のおけない仲間の関係としてでした。

では、山頭火はどんな師匠だったのでしょうか。

1　身で示す

明治四十四年秋、山頭火は岩国へ行って、松金指月堂らの句友と会い、句会を開いています。

梨もいづ卓布に瓦斯の青映えて

この年の四月には、荻原井泉水が「層雲」を創刊していますが、岩国で詠んだ句はまだ定型句であり、それは静かで美しい句でした。

▼咳をしても一人
▼すばらしい乳房だ蚊が居る
▼入れものが無い両手で受ける

こころザワつく
コトバと俳句
放哉

春陽堂編集部 編　四六判変型　ソフトカバー　定価 1200円+税

ISBN978-4-394-903

徹底した放浪、
世間から見れば落伍者の烙印を押された俳人・尾崎放哉。
エリートから落ちるところまで落ちたその生きざまから
滴り落ちた一滴に心ザワツクものがある。

▼うしろすがたのしぐれていくか
▼窓あけて窓いっぱいの春
▼ほろほろ酔うて木の葉ふる
▼さて、どちらに行かう風がふく

グッとくる山頭火

コトバと俳句

グッとくる
san 山
tō 頭
ka 火
コトバと俳句
春陽堂編集部 編
何を求める風の中ゆく――
郷を捨て、家族を捨てた。孤独と自己嫌悪…。
探しつづけ、もがきつづける山頭火の言葉に、
私たちは気づかされる。
……ここに私がいる。
胸にグッとくる山頭火のコトバと俳句を特選。
春陽堂

堂編集部 編　四六判変型　ソフトカバー　定価 1200円+税

ISBN978-4-394-90310-9

こグッとくる”山頭火のコトバと俳句を
ストとともに際立たせた本。
続け、もがき続けた山頭火の言葉に気づかされる。
こに私がいる」と…

光と力

山頭火は、大正に入ると、自由律句誌「層雲」の選者となり、各地の句会に呼ばれ、また立ち寄れば句会が催されるなど、指導的な役を務めるようになっています。

これまでの定型句に対して、自由律句は大きくモデルチェンジして出発したものです。

山頭火は、俳句を新しくする運動は、世界的な時流による必然であり、これを単なるモデルの差し替えで終わらせるべきではないと考えていました。

問われることは、句の中身であり、そこに新しさや力感が備わらなければ、長続きするものにはならないと考えていたのです。

そして彼は、自由律句に欠くことができない要素として、人格の光であり生活の力である、と言いました。

これほど、句友の心に響いてきた言葉も、そんなに多くはないと思います。

言うべき目的をズバリ言ってのけて、後は酒に興じるというのが山頭火流儀なのでした。

ふる郷忘れがたい夕風が出た

放浪する身の夕風にも、ふるさとが思い出されます。ふるさとを離れてすでに二十年となりましたが、忘れられないでいるというところに、人間としての砦があると思えてなりません。

2　人にやさしく自分に厳しく

山頭火の、自由律句に対する燃える思いは、句友が敬慕するところとなりました。ことに、行乞僧として放浪を始めてからの彼は、若い文芸志向の人から相談を受けるなど、信頼されていたと思われます。

中原中也の弟、呉郎も、家の希望から医専に進んで、文芸に進路を変えようかと悩んで山頭火に相談しています。しかし山頭火は、医者になるべきだと言っています。

四国へ行くと、放浪したいと相談を受けました。この場合も山頭火は、思い留まらせています。

自分が通った道ではあっても、人に勧められるほど簡単な道でないことを、分かってほしかったのでしょうか？

そして人には、「ぐうたらで、わがままで、やくざでいたい」と、とぼけているのでした。

この言葉の元には、孟子（尽心章句）の「君子に三楽あり」があります。この中で孟子は、一、父母兄弟が健康であること、二、天や人に恥じないこと、三、天才をみつけて教育すること、の三つを、君子の三つの楽しみとしています。

山頭火は、自分の三楽は…、先ほどの「ぐうたら…」となるのですが、これも彼一流の自虐趣味とみるべきでしょう。

私には、山頭火は義理堅く誠実な人柄だと思われます。ただ、酒の失態については弁解の余地もなく、やや病的な傾向を感じるものがありますが…。

もう一つ孟子（尽心章句）から、「往者不追、来者不拒」の言葉についてみておいてください。行く（去る）人は追わず、来る人は拒まず、といっています。

「何もない質素な暮らしをしていますが、各人がお好きなものをご持参でよろしければ、どうぞいつでもお越しください」という、山頭火流儀の接客法でした。

人に優しいのかどうか、少し疑問もありますが、自然体であるといった方が当たっているかもしれませんね。

3　謙虚

山頭火は、他人に対して謙虚で律儀という清潔感がありました。

彼が芭蕉に学んだことの中では、俳句界をリードした巨匠が、実に謙虚な姿勢で自己を語り伝えていることがありました。

もちろん、謙虚さについて学ぶのは芭蕉に限ったことではなく、学問や宗教など、その道の主導的な立場にある方は、なべて頭が低く、それが学究的な基本姿勢であり、必須の常道でもあったからです。

次に、芭蕉の「幻住庵の記」（部分）を、現代文でご紹介しておきます。

「あるときは武士に仕官しようとしたがかなえられず、また仏門に入ろうとしてもうまくいかず、花鳥にうつつを抜かしていて、ついに無能無才で、俳句の一筋につながることになった」と芭蕉は、自らの俳句の道についてこれしかなかったと、謙遜しています。

この先達の謙虚さを学んだ山頭火は、自身についても「本来の愚を守り愚を活かす…」と、元々が愚だから、愚に帰って、愚から始めようと、絶えず自己を反省自戒することに努めていました。

第五章　其中庵の平穏

山頭火が、山口小郡の其中庵に入ったのは昭和七年九月二十日、彼が四十九歳のことでした。山頭火の其中庵のころといえば、彼の生涯では、造り酒屋を経営した期間を除けば、最も安定していて、来客も多く華やいだ時期でした。

地元の句友国森樹明は、山頭火が嬉野と川棚で結庵できなかったと聞いて、親戚の持家に空き家となった古農家があるのを、さっそく見せに連れて行きました。

小郡駅（現・新山口駅）からも二㎞足らずの距離で、商店街もその間にあり、また北へ街道を五㎞も行けば、湯田温泉があるという環境でした。

住まいの古農家は、集落の小高いはずれにある一軒家でした。

山すそに建つ古農家に、静かな夜は駅弁売りの声や転轍機の音が届いて、市井のざわめきに関心がある山頭火には、近からず遠からずの大変な気に入りようでした。

うつりきてお彼岸花の花ざかり

山頭火は、故郷の防府に近いことがうれしくて、親族として一人残った妹のシズの家へはもっと近い位置であり、時々立ち寄ることができるようになりました。

一　落ち着いた其中庵暮らし

其中庵へ来て山頭火は、自由律句を量産しています。

今までは住所不定の身でしたから、一方的に句友を訪ねるばかりでしたが、これからは一変して、訪ねてくださることが増えました。そのことからだけでも庵主として落ち着かざるを得なくなったのです。

昭和八年の其中庵来訪者は、井泉水師をはじめ、義庵老師や斎藤清衛先生、あるいは清水精一先生に、句友の澄太、白船、黎々火など、珍客賓客万来の年でした。

この土《ツチ》のすゞしい風にうつりきて

草庵が出来上がり、念願の定住を始めると、心身が落ち着くと同時に、彼の句境にも一段と安らかさがみえるようになりました。

落ち着いた句境といえば、大変喜ばしいことです。

しかし、半面では変化に乏しいとか、力強さに欠けるという傾向もなきにしもあらずでした。

それは平静と安寧を得た代償として、危険や緊張を手放した環境条件の裏腹の関係から起こることで、当然でもあり仕方のないことでした。

日々の暮らしに命がかかっていた放浪生活に比べると、庵住したことで暮らしの安心安全が確保されたからに違いありません。

水音しんじつおちつきました

其中庵に来ると、幾筋かの農業用水が流れており、絶えず自然の営みを聴かせてくれます。暮らしが変わったことで、句もまた変わりました。生活が穏やかになれば、句もまた穏やかになったようでした。

水底の月のたたへてゐる

季節は春です。

水の流れが静かにとどまるところに月を見ています。

山陽路では、田植えが五月から六月にかけて行われます。農家では、五月に入ると田圃に水を張って、田植えの準備にかかります。

小高い丘にあった其中庵では、田植え前の田んぼを見下ろせば、棚田にはそれぞれの田の一枚一枚に、月が宿って見えることがありました。

それは、みごとな「田毎《たごと》の月」でした。

によきによき土筆《つくし》がなんぼうでもある

春の陽気に誘われて、散歩に出かけると、日当りのいい田んぼののり面には、つくしの坊やが出ていました。周りをよく見まわすと、出てる出てる、昨日まで気がつかなかったのが、まるで嘘のようでした。

花菜活けてあんたを待つなんとうららかな

地元の句友であり、無二の飲み友達でもある伊東敬治が来るというので、菜の花を手折ってきて待つ、山頭火のうれしさがこぼれそうな句です。

其中庵主でなければできない、余裕の一句でした。

小郡では、山頭火も負けるほどの酒豪がいて、彼も嫌いではなかったから、若い仲間とつい飲みすぎる傾向が気になります。

二　畑作り

其中庵の世話役国森樹明は、家業が農業で、仕事は県立小郡農学校の事務職員でした。庵の周りには、畑にできる空き地がいくらもあり、樹明は鍬を持ってきて、畑作りをして見せました。野菜の苗も持参でした。

山頭火は、大地主の生まれではあっても、自分自身で田畑を耕作した経験はまだなかったのでした。

夕立が洗つていつた茄子をもぐ

夏の昼下がりに夕立が通り過ぎ、水滴をはじいた茄子を収穫して、満ち足りた気分を味わっています。

濃い紺紫色の茄子は、つやつやと輝いて、見るからに新鮮でみずみずしい野菜です。そこになるまでには、草取りや害虫の退治、肥料をやるなど、面倒な世話も初めてしてきました。しかし、穫り入れのときには、手がかかったことなど忘れて、作業に手を取られたものの方が、喜びもひとしおで、茄子のみごとな成長に喜びが湧いてきました。

朝風のトマト畑でトマトを食べる

夏の朝早く畑に出て、色づいたトマトの実をもぎ取ったその場でかぶりつくのでした。新鮮なトマトを野性的に味わってみると、格別の感じがして、こんなおいしさは今までに経験したことがないものでした。畑のトマトは、それほど感動的な朝食になりました。

こやしあたへてしみじみながめるほうれんさうで

野菜を畑で自給自足する喜びを知った山頭火は、耕して種をまき、水をやり肥やしをやることも、何だかうれしい作業になってきました。

キュウリやトマトは、苗を植えて支柱でそれを支えておきます。

ダイコンやカブ、ホウレンソウは、種をまいて苗が生えると、密集しすぎないように、時々間引きます。

この小さな間引き菜も、浅漬けやみそ汁の実にしたり、菜飯に炊きこんだりしますが、育てたかわいさもあって、おいしくいただいています。

播きをへるとよい雨になる山のいろ

畑を耕して水やりを心がけるのは、苗を植えた時と、種をまいても雨に恵まれない時でした。うまい具合に雨が来る前に種をまくと、もう一人前です。そんな雨の予兆は、周囲の山の色に出ていました。何事も経験してみることですね。

畑作りは、手のかかる家族が増えたようなもので、心配して手はかかるが、しかしやりがいもあって、食事に新鮮な材料を入れてくれるから、ありがたいことでした。

山頭火も、山の色を見て種をまくという風に、畑作りも上達してきました。

三　近在の行乞

其中庵に入ってから、天気がよければ近在を行乞するようにしていますが、寝床を持たなかった時よりも、気分に余裕がもてるようになっていました。

義庵和尚も、山頭火が結庵すると聞いて喜ばれ、「帰家穏座ということもある。時に近在を行乞してまわるといい」と諭してくださいました。

室積行乞　五月十三日～十九日まで

途中富海、戸田で行乞して、徳山の白船居に一泊のお世話になって、雑草句会にも参加しています。

目的地の室積では、句友の大前誠二居を訪ね当てて、話して飲んで、お土産の酒をもらって宿へ送られました。

朝起きれば雨で、梅雨のはしりの小雨の中で、アザミがきれいに咲いていました。

ふつたりやんだりあざみのはなだらけ

お土産の酒を朝から飲んで行乞して、句友を訪ねては、酒盛りにも話が弾みましたが、いささか酒の飲み過ぎでくたびれてきました。

徳山で行乞して、白船居ではコップ酒をいっぱいよばれて、福川からは汽車で帰りました。

帰庵すると樹明居に挨拶に行き、さっそく酒と肴とを持参してくれて、酒盛りとなりました。

晴れるより雲雀はうたふ道のなつかしや

降れば梅雨、晴れれば初夏という天気の合間に、雲雀が飛び上がって歌いました。

北九州行乞　六月三日〜十一日

途中を行乞しながら、長府の黎々火居や、糸田の緑平居に寄って話せるのを楽しみに出かけたのです。
緑平居には、大きな桜の木があり、いつも玄関先で出迎えてくれるのです。

葉ざくらとなつてまた逢つた

昭和七年の正月には、数日掛けで結庵の相談をして、緑平に心配をかけていたのが、今思うと遠い昔のことのようでした。
あれから一年半の時間があったとはいえ、今の落ち着きを得られたのは、やはり緑平から親身の支援策があってのことでした。

伊佐行乞　六月二十日〜二十一日
朝明けの道は山の青葉が鮮やかでした。気持ちのいい山道に見とれていると、いつの間にか道を間違えて歩いていました。
山また山、青葉に青葉、そして蛙の声、小川のせせらぎ、虫の声、小鳥の声、栗の花、萱の花、茨の花が迎えてくれて、道を違えて楽しみが増えたようでした。

ほととぎすあすはあの山こえて行かう

伊佐というところは、山口県の中央にある美祢市の工場地域にあります。美祢市は、秋吉台石灰岩帯の中にあるといっていいくらいで、日本唯一の地下資源である石灰岩を全国に供給しています。

秋吉台石灰岩帯の南端にある伊佐は、石灰岩を採掘して、セメント工場がセメントを作っているところでした。伊佐を行乞して泊まった山頭火は、一杯飲むことができるお布施をいただいて、ありがたいやら情けないやらを味わっています。

情けない気持ちとは、野宿しないですむ稼ぎと、あわよくば、一杯二杯の酒代が欲しい、という自分の乞食根性をいっているのでしょう。

さて山頭火は、近在行乞をまだまだ続けていますが、これはそのくらいとして、ひなびた古農家を気に入って其中庵と名付けて定住した、彼の思いを少し触れておきたいと思います。

其中庵の命名の由来は、観音経の普門品第二十五の中にある、「其中一人」から採ったものということです。

前後の意味はさておいて、「その中の一人」とした自分自身の位置づけに、山頭火の謙虚さをみることができます。

其中庵で、あるいは近在行乞で、山頭火が詠んだ自由律句をご覧になって、どうお感じになったでしょうか？

彼の句が、伸びやかになっているのではないでしょうか？

旅をしても帰るところができたのです。山頭火の気持ちをこれほど落ち着かせるものが、今までにあったでしょうか？

義庵和尚の言われた、「帰家穏座」ですね。

ゆっくり静養して、疲れが取れたなら、また元気に挑戦してみる…、というのが山頭火なのだと思います。

四　東上の旅

山頭火は、澄太の企画と支援とのおかげで、三度にわたって東上の旅を楽しみ、北は平泉の金色堂や中尊寺を見て回った二回目、昭和十一年の旅が北限です。

次の句は、はるばる平泉まで来たという山頭火の気持ちがよくうかがえます。

ここまでを来し水飲んで去る

二回目の旅は、距離も内容も大規模なものになりました。東北の山形県鶴岡、宮城県仙台から岩手県平泉まで回って、帰途は福井県永平寺に寄って帰りました。

そしてもう一回は、湯田の風来居にいるときで、近畿、東海から、信州の伊那をめぐる旅でした。この三回目の東上の旅が、山頭火が亡くなる前年の昭和十四年春のことで、心残りだった井月の墓参が、旅の目的の一つでした。

第一回東上の旅

昭和九年三月二十五日、三原丸で宇品港を発ちました。

旅の主な目的は井月の墓参でしたが、途中で急性肺炎を患って果たすことができず、帰庵しています。

井月の出身については、越後長岡藩士との噂はありましたが確証はありません。

三十代から伊那地方へ流れ着いて、水が合うというものか、いつのまにかここに住みついていたといわれます。

井月の俳句全集も出ていますが、本人は名誉や財産には関心がなく、好きな酒を飲んで、句を詠み筆をふるうといった気楽な暮らしが気に入って、後半生は伊那で過ごす気になったようでした。

山頭火は、俳句と酒を愛した井月の、こだわりのない生き方が好きで、一度墓参りがしたいと望んでいました。広島の句友澄太は、かねがね山頭火の意向を聞いていたので、この旅を企画して提案したものです。

四月に山頭火は、西の木曽川筋から清内路峠を東へ、天竜川筋まで向かいましたが、四月の中ごろとはいえ途中の峠にはまだ雪が深く、これを越えるのに難渋しました。やっとのことで、天竜河畔の飯田までたどり着いたのですが、その時の彼は熱を出しており、句友宅で寝込んでしまったのです。

数日は起き上がることができず、入院することになり、診断では急性肺炎ということでした。病院でまた一週間辛抱することになりましたが、山頭火の繊細な感性には、もうこれ以上ベッドに寝ていることに耐えられなくなったのです。

とうとう病院をスリッパで抜け出して、其中庵まで帰ってしまいました。

あすはかへらうさくらちるちつてくる

体調が少し回復してくると、退屈で仕方がなかったのです。酒でも飲めれば、気分だけでも晴れたでしょうが、病院でお酒は処方してもらえませんでした。

当たり前のことながら、山頭火にはこれがこたえました。

ことほど左様に、第一回の旅は、途中の発病で未完のままに終わりました。

第二回東上の旅

二回目の旅は、昭和十年十二月六日に其中庵を出立しています。

旅に出て、各地を逍遥するうちには、何とか落ち着けそうだと思い、はやる気を水に浮いた雲に寄せて詠んでいます。

水に雲かげもおちつかせないものがある

岡山の蔵田稀也居で正月をゆっくり過ごさせてもらいましたが、この年昭和十一年は格別寒い日が続くので、山頭火は北九州まで引き返しました。

そして二月二十六日の早暁に、雪が降る東京では、若い陸軍将兵が立ち上がる事件がありました。いわゆる二・二六事件でした。しかし、戒厳令が敷かれてほどなく鎮圧されたので、大混乱には至りませんでした。

この旅の途中では、自由律句の記念大会や、「層雲」誌の会合に出席するために、二度も東京へ出て、多くの句友や文人たちと旧交を温めることができました。

途中の近畿、東海、伊豆の各地でも、それぞれ歓待を受けながら、楽しい会合に参加させていただきました。

しかし、失敗したこともいくつかありました。

その一つは、出立を祝ってくださった広島の居酒屋で、つい飲み過ぎて気が付けば、大事な風呂敷包みを置き忘れていたのです。風呂敷の中には、日記や句稿が入っていたのです。手を尽くして捜してくださったけれど、ついに出てはきませんでした。

その二は、山形の鶴岡に和田秋兎死という句友を訪ねた時のことでした。案内されて行った温泉宿が気に入って、翌日から独りで豪遊してしまい、当地の句友にたいへん迷惑をかけたということがありました。

風呂敷包みの紛失は、山頭火本人の不注意ですから、どうにもしかたがありません。

次の豪遊の件は、借金した山頭火に支払う能力がないから問題でした。

そのうえ、これからの旅費や宿泊費等についても、かなり手配しておく必要がありました。

山頭火は、取り返しのつかない失敗をしたことを深く悔いました。そして、緑平と澄太宛に事情を告げて、とりあえず帰りの旅費について援助してもらうことにしました。

彼はしかし、行乞僧にあるまじき失敗だと深く恥じ入りました。

これ以上行乞僧を続けることはできないと思い、これを辞めてただの乞食に返ろうと決心したのです。

こういうところが、失敗もするが律儀な山頭火らしい自罰行為でした。

そうと決心すると、曹洞宗の総本山永平寺に参って、身心を清めて帰りたいと思い立ちました。

水音のたえずして御仏とあり

永平寺の大きな伽藍が、静かな林の中に建っています。動いているものといえば、用水のせせらぎくらいのものでした。

自分も、このせせらぎのごとく、いつも落ち着きなく動き回っていました。そんな小さな山頭火を、御仏が穏やかに見つめてくださっていたのです。

てふてふひらひらいらかをこえた

ふと見上げると、小さな蝶が、ひらひらと舞いながら高く高く昇っていくところでした。そして、ちょうちょうは、ついに大きないらかを越えていきました。それを見た山頭火は、あの小さな蝶が大きな動きをしたことに驚き感動して、自分こそ、大いらかを越えなければならないと、教えられたのでした。

第三回の東上の旅

昭和十四年三月三十一日、山口湯田の風来居から、心残りだった伊那の井月墓参に出立しました。

これが、三回目の東上の旅でした。

近畿から名古屋を経て、知多半島、渥美半島を巡り、浜松からは電車で天竜川沿いに、伊那へと急ぎました。

お墓したしくお酒をそゝぐ

昭和九年に墓参のつもりだったものが、飯田まで来て引き返すはめになり、このたびは二度目の挑戦で、やっと思いを果たすことができました。

あの水この水の天竜となる水音

伊那の句友は、女学校の教師をしている前田若水です。

学校へ訪ねていくと会うことができ、井月墓参のほかに高遠城址を案内してもらい、夜は自宅に招待されて、山里料理でお酒をごちそうになりました。
やっと、五年がかりで、放浪と酒と俳句の先輩に敬意を表すことができました。

第六章　酒と愛

正一の光と影

彼の感性は、幼少期の遊びを通して、四季の移り変わりや動植物の生態に興味をもち、自分たちの暮らしと自然とのかかわりについて関心を抱くようになりました。これには、当時種田家の家事いっさいをみていた祖母ツルの影響も、多分にあったように思われます。

正一自身も、積極的ですぐ行動に移すような性格でしたから、持ち前の感性はいっそう磨かれていきました。

また語学については、旧制中学校の周陽学舎で英語を習い、以後山口中学校や東京専門学校、早稲田大学でフランス語、ロシア語、ドイツ語などを学んでいます。

いずれにしても、山頭火の感性や言語の能力は、本人自身が早くから認めて、これを生涯の一筋の道として、十三歳時に「文芸」を選択しています。

これが山頭火の光の部分です。

じっとしていられない…

人並み以上の感性や言語能力があるということは、凡人にとっては実にうらやましいことです。しかし、当の山頭火自身としては、一面で悩みのタネになっていました。

俳句を作ったとしても、必ず満足できるものばかりとは限りません。そんな時に山頭火はよく散歩していました。

それでもおちつかず、いらいらするときは早く寝ました。

しかし、寝付けないこともありました。そんな時には、睡眠薬やお酒の助けを借りていました。

これが山頭火の影の部分でした。

一　山頭火の酒

山頭火の酒は、大別して三つの型がありました。

一つは、晩酌など、好きでたしなむ酒がありました。これは平穏な独り酒です。

二つは、自由律句の活動で、各地の句会に出て、酒食をともにする場合です。これは彼の職業的で社交的な酒であり、乱れることはありませんでした。

三つは、彼が自己コントロールできないで、じっとしておられないときの酒で、飲んで治まるどころか、かえってあおることになる酒でもありました。

これは山頭火の持病ともいえる、躁うつ症状の躁状態の酒であり、山頭火の影の部分として触れたものです。

酒はパスポート

酒は、飲み過ぎると日ごろ抑えていた感覚がマヒする作用があり、必要以上に開放感をもつことがあるので要注意です。

しかし、酒はその限度を自覚さえしておれば、大自然や空想世界の、非日常に踏みこむ夢の冒険へのパスポートでもあります。

酒のだいご味は、非日常や異次元の世界に、とりあえず飛びこんで、自らの空想や想像を楽しめるところにありました。

ことに文芸をめざす彼にとっては、日常の現実から跳び出して、あらゆる方向へ仮想世界を経験してみることは、必要欠くべからざることでした。

放浪の酒

最初に紹介する句は、彼が大自然の環境に同化してみたいために、そのパスポート役の酒を体内に取り入れて、しばらくあたりを逍遥しているという場面です。

酒飲み山頭火としては、昼下がりということもあって、珍しくその飲み方は優等生的でした。それだけに気持ちも安定していて、ほろ酔いの散歩を楽しんでいます。

ほろほろ酔うて木の葉ふる

山頭火が、ほろ酔い微酔の心地よさに誘われて、林の道をたどっていると、待っていたかのように風に吹かれて落葉がふらりと降ってきました。

行乞の報謝をたくさんいただくと、たまに宿代のほかに余裕のできることがあって、酒屋へ寄って散策する閑雅な時を過ごすことがありました。

中国は唐代の著名な詩人白居易（楽天）に、次のような詩の一節があります。


「林間に酒を暖めて紅葉を焼く」


林の中で落ち葉をたいて酒を温め、独り秋の風趣を楽しむ、といった意味のようです。

山頭火の時代から、千年以上もさかのぼったころですが、世間からしばらく離れてみて、大自然の鼓動を聴いてみよう、といった風情が感じられますね。

おそらく山頭火も、白居易のこの文を知っていて、自分流儀にこの句を詠んだものではないかと思われます。

酔うてこほろぎと寝てゐたよ

夕食のあと、若い同宿の人と酒屋で飲んでいて、少し横になって休んでいるうちに、そのまま寝込んでしまい、とうとうその日は野宿になったというものです。

この句についても、唐の詩人李白に、同じような詩がありました。

両人対酌山花開　二人が向き合って飲めば、美しい花が開く、
一杯一杯復一杯　一杯一杯また一杯、
我睡欲眠君且去　私は酔うて眠くなったよ、君はしばらく帰っていてくれ、
明朝有意抱琴来　明日の朝、気が向けば、琴を抱いてきてくれ。

気の合う友人を誘って飲んだ酒だから、酒の量も進み、李白も気持ちよく酔ったのでしょう。でも、翌朝には琴を持っておいでよ、と注文がついて、友人は気の毒？

山頭火の方では、気の合った同宿の人と飲んだ後、同宿者は宿へ帰り、彼は寝込んでしまって野宿になりましたが、山頭火は気の毒？

いずれにしても酒が仲介して、友人とともに非日常の世界へ遊んだひと時であったことには、両者とも変わらなかったようです。

放浪は酒を慎ませた

山頭火は、生来の酒好きであり、また、かなりの酒豪でもありました。

そして、不思議にも放浪中の彼は、酒の失敗をしていません。

正確に言いますと、味取観音堂の堂守に赴任した大正十四年三月から、昭和七年九月の其中庵に入るまで、七年半の間を、酒を飲み過ぎることで懺悔自戒することがなかったのでした。

その間の山頭火は、一日として気の緩む日はなかったはずです。

逆に言えば、彼が適度の緊張感をもって行乞し、句を作るということは、自身の酒についても、誠実であったということができそうです。

仕事は酒を慎ませた

昭和十五年は、松山一草庵で最後の仕事にかかっていました。

そして、その仕事がある間は、酒は飲んでも乱れることがありませんでした。

一代句集「草木塔」の原稿をまとめ、さらに私家版句集「鴉」の原稿と、矢継ぎ早に仕事が立て込んでいて、しかも最後の締め繰りとなる仕事でした。

この間、全く飲まなかったわけではありませんが、恥ずかしい思いをすることはなかったのでした。

二　酒の脱線

久保白船は、山口中学校で山頭火の二級後輩でした。そして二人とも自由律句を始めて、今では同じ選者を務める間柄でした。

白船の出身地は平生町の佐合島で、実家は醤油の醸造元でした。山頭火も、佐合島まで何度か訪ねて行ったことがありました。

島はしづけし墓光りつゝ昇る日よ

白船はのちに徳山に移住して、「雑草」句会を主宰するとともに俳画も手がける文化活動に努めて、お互いに信頼して親しく交流してきました。

白船が熊本へ来た

白船は、種田酒造が破産した後に山頭火と会っていないので、気になっていたところ、防府で自由律の句会があると分かって、山頭火を誘いがてら、熊本まで陣中見舞いに出かけてきました。

会ってみると山頭火は、思ったよりも元気でした。そして、白船が誘えば本人も乗り気の様子だったので、一緒に防府の句会へ出ることにしました。

会場では、破産の債務をすべて片づけたわけでもなく、まだ一年にもならないとあって、句会も山頭火歓迎とまではなれなかったのも、致し方ないことと思われます。

しかし、人一倍勘のさえた山頭火のことです。

ふるさとへ来るにはまだ早すぎたかと、感じるものがあったようでした。

白船と同道した帰り道は、句会で同席した若い会員と下関まで一緒に帰って、そこで別れましたが、それからがいけませんでした。

独りになって九州まで帰りましたが、たまらなくなって小倉で列車を降り、駅前の旅館へ上がって飲み始めたのでした。

そして、その翌朝のことです。

支払いをすませるためには、恥も外聞もかまっておれず、昨日の句友を頼りに借金の依頼文を宿の女将に託して、下関の勤め先まで行ってもらったのです。

そして何とか、急場を切り抜けて、冷や汗でピンチを抜けてきたのでした。

この大正六年の、小倉の酒の脱線が第一号で、山頭火三十四歳のことでした。

世間の常識から見れば、この山頭火の行為はやはり一線を外れたこととしか言いようがありません。

山頭火の酒は、好きだから飲むということもありましたが、それよりも身心が求めるから飲む、あるいは飲まずにはいられないから飲む、といった内からの要求で、切羽詰まった強迫的な酒が、脱線につながるものでした。

それが、勘の鋭い「ひらめき派」の山頭火ならではの酒でもありました。

また、飲み始めた酒は中途半端では気がすまないということが、山頭火流の飲み方でした。だから、酔いつぶれるまでは飲み続けるという、抑制よりも先へ進む酒になるのでした。それが、「のめり込む」気性の山頭火の酒なのでした。

緑平を訪ねる

熊本の文学仲間に古賀という五高生がいました。その従弟が自由律句をやっているということで、木村緑平を紹介されていました。

山頭火は、大正八年四月に、大牟田の炭鉱で医師を務めている緑平を、彼の社宅に初めて訪ねています。

その日はしかし、緑平は運悪く宿直に当たっていて、挨拶もそこそこに出かけなければなりませんでした。

事前にアポを取っておけばよかったのでしょうが、山頭火も額縁の行商のついでに訪問したまでで、必ず寄れるものかどうかは、その日の営業の状況によりけりで、前もっての予定は彼自身にも直前にならないと分からなかったのです。

さて、山頭火は大牟田駅まで引き返しましたが、せっかく緑平と会えたというのに、話もできなかったことに腹の中は半煮えのままでした。

このままでは帰るに帰れず、駅前で飲み始めましたが、持ち金はあまりなかったのです。しかしもう止まりません。

翌朝、緑平は驚かされることになりました。警察から電話があって、山頭火を引き受けに行かなければならなかったからです。

これが、生涯二十年に及ぶ山頭火と緑平の交流の、初めての出会いでした。

山頭火は、緑平を父とも母とも思って心から信頼し、結庵や句集のことなど、何でも相談してきました。

一方の緑平も、山頭火を信頼と敬愛の友として迎え、資金の援助についてもできることは協力して、彼の活動を支えてきました。


今、大正六年と同八年の二度の酒の脱線について触れましたが、これは種田酒造が破産した大正五年以後、山頭火が最も不安定な時期に起こしたものでした。

山頭火の酒の脱線は、それを起こした時点で本人が希求した酒であったことがはっきりしています。そして、委細構わず飲んで歌って酔いつぶれるといった状態からみると、私には、躁うつ症状の、躁の状態であったように思われます。

もちろん、専門知識をもって言っているわけではなく、一般的な傾向として考えてみたにすぎないことをお断りしておきます。


躁うつ症状のもう一方のうつですが、これはしばしば不眠症として現れました。

そして、早稲田を中退した時や、一ツ橋図書館の職員を退職した時も、ストレスからうつの状態にあったかと思われます。

山頭火の場合、仕事や放浪の清貧暮らしなど、適度の緊張や成就感のもてるときには、躁もうつも出てくることはありませんでしたから、酒の脱線も、多分に本人の精神状態がかかわっているといえそうです。

天才の光と影、といってしまえばそれだけのことですが、酒の脱線は句友の助けがなければ罪科が問われることでもあり、その状態についても病的とみることのほうが穏当かと思います。ただ、芸術的な追及のためには、自己を破滅するまで追い込んだ例が、いくつも報告されています。句友の多くは、山頭火の酒についても、芸術追究の酒か、病的中毒的な酒かと、みておられたのではないかと思います。

山頭火も、新しい俳句に新しい人間を詠みたいと思っていました。そのモデルとして、自身を解放し、自由律句に自然主義を刻みたいとも思っていました。山頭火の酒は、一面において、自身を「自由、平等、友愛」のもとに解放して、あるがままの自然に生きる文芸を追究する実験でもあったのでは、と思います。

それが、結果的には破滅的な酒になることがあったのではないでしょうか。

三　句友の敬愛

山頭火は、破産を経験した三十三歳以降の暮らしでは、今までのうちで自分が最も無力になっていることを実感していました。

何をしていても、自分の足元が心もとないようで頼りなく感じていました。

人間は、互いに支えを必要としているものです。だから、必要とするときにこれを受けて、可能な時にそれをお返しすれば、循環するはずです。

敬愛のネットワーク

今、杖とも柱とも頼れるものは、自由律句の一筋しかありませんでした。

そうして熊本の句友としては、石原元寛、木籔馬酔木、蔵田稀也、友枝寥平、茂森唯士らのつながりができてきました。

1　木村緑平

緑平（本名・好栄《よしまさ》）は、山頭火生涯の心の友であり、彼はその筆頭でした。

明治二十一年柳川市生まれ、長崎医専を出て、大牟田三井三池鉱業所病院勤務医を経て、郷里の柳川で医院を開業の後、福岡の糸田で明治豊国鉱業所の病院勤務医となりました。

山頭火は、資金の融通が欲しい時、例えば放浪中の旅費や借金の支払いなど、言い出しにくい相談を緑平には遠慮なく相談してきました。また、それをかなえていただけるところは、ほかにはありませんでした。

山頭火の立場からいえば、暮らしや交際の予想外の出費について、緑平という安定した保険をかけたようなもので、彼の根なし草の暮らしには、大きな安心を担保していただいたことになります。

大正九年以降は、家庭の団らんをなくしていたところへ、温かい緑平が迎えてくれるようになりました。ほのぼのとした家庭環境を恵まれ、訪えば団らんを楽しむことができるようになったのです。

逢ひたい、捨炭《ボタ》山が見えだした

この句には、山頭火の緑平への思いがよく表れています。

ボタ山が見え始めると、もう一刻も時間が惜しくなって歩いてはおれず、途中から汽車に乗って緑平居をめざしたようでした。

また緑平も、山頭火の無一物ながらひょうひょうとこだわりのない姿に、自由律句へ打ち込む真剣さ、誠実さをみて、敬愛するとともに支援を惜しみませんでした。

そして、山頭火の私家版句集の出版を、最初に刊行したのが緑平でした。

その第一集は、「鉢の子」と題して、昭和七年六月に発行されました。

緑平に対する山頭火の感謝の念も、大変深いものでした。

日記や行乞記などの記録を一冊書き終わるごとに、そのつど記録書を緑平まで送り届けていて、それが合計で二十一冊になっていました。

これは、彼の緑平にあてた形見ともいえる行為でした。

2　大山澄太

澄太は、明治三十二年、岡山は笠岡市の生まれで、山頭火よりも十七歳年下の若い句友でした。職業は、逓信省の事務職員で、当時は広島逓信局に勤務していました。

彼が、山頭火に協力したことの第一には、私家版句集の二集「草木塔」以降の編集、発行について、その事務及び会計を引き受けたことでした。

二人の出会いは、其中庵で迎えた最初の句友としてでした。昭和八年三月のことでした。酒はあまり飲める方ではありませんが、山頭火の暮らしや自由律句に興味をもって、直接会いに来てくれたのです。

その席上で、さっそく山頭火の私家版句集の続きを、年に一冊ずつ出版することを澄太は申し出て、これを請け合って帰りました。

其中庵のあまりにも殺風景なたたずまいを見て、澄太は自分にできることなら何か手伝いたいと、心底から思ったようでした。

山頭火にとっても、自由律句の同行者が一人でも増えることになれば、そして自分の収入につながれば、願ったりかなったりのありがたい申し出でした。

澄太は、広島の勤め先で、職場の情報誌「逓友」の編集を担当しており、冊子の企画、編集、刊行などは、いわばお手のものでした。

また、管内の研修会や講演会にも関係していたことから、旅行の企画にも明るい技量を、山頭火の旅の企画等に世話していただくこととなりました。

さて次の句は、秋の其中庵にやって来た澄太を送り出した時のもので、山頭火は体内を秋風が通りぬけるような寂しさを感じて詠んだものです。

今ごろ澄太は岩国あたりかなと、思っていると、柿の木は紅葉し始めた葉を振り落とし始めました。

澄太おもへば柿の葉のおちるおちる

柿の落ち葉も、散り初めのころは、紅葉が案外に美しいものです。

濃緑色がまだ残っている落葉は、一部には黄色や朱色の紅葉が見られ、さながら三色の競演を見ているようでした。

それは、とても枯葉とは思えないもので、生命のもつ輝きと、生命活動が見せる鮮やかでエネルギッシュな美しさが、そこにありました。

緑平と澄太とは、山頭火が自由律句の活動を続けていくうえで、なくてはならない存在でした。

山頭火が訪ねれば、家族が帰ってきたというほどの温かさで迎えて、好きな酒でもてなしてもらっていました。そして山頭火も、緑平には結庵についての相談や、澄太には東上の旅や終の棲家について相談をしていました。

山頭火と緑平及び澄太との関係は、年齢こそかなり離れていますが、彼らの人格及び使命について、冒しがたいそれぞれの独自性を認めて、互いに尊敬し合うという敬愛の関係が築かれていました。

緑平は山頭火の六歳下で、大正八年に出会って以来、彼の活動を支援し、特に彼の結庵については後援会の組織づくりを提案するなど、企画運営や資金調達法など、物心両面にわたる支援に尽くしています。

また若い澄太は山頭火の十七歳下で、其中庵を結庵してからの交際となります。昭和八年に初めて其中庵を訪ねて出会い、以後の交流をとおして、相互の自然観や生活観、文芸観等について考えを交わしました。

自由律句については山頭火が指導的な立場で、緑平がベンチャー・キャピタル的な立場にあり、澄太はベンチャー起業者的な特徴を活かして、それぞれが必要に応じて、互いに持てる技術や知識などを補完し合い、山頭火を支援することで相互の信頼関係を深めていきました。

山頭火後援会ができる

昭和五年の十二月も暮れになって、山頭火は熊本へ帰ってきました。

放浪暮らしを四年あまり過ごしてみて…、この先放浪を続けるのか、熊本あたりに定住するのか、その他の方法について一度相談しておきたいと思ったのです。

山頭火本人としては、この際、小さな部屋を借りてでも定住したいと考えていますが、何分お金がかかることなので、とりあえず緑平居を訪ねることにしました。

話を聴いた緑平も、定住することに異議はなく、部屋探しは、本人が探すこととして、課題は、入居時と以後の定住費、自活費の資金をどう調達するかでした。

そこで緑平が提案したのが、発起人を決めて、それぞれの地方から後援会を組織して、会費を三か月あるいは半年分を前納してもらうという案でした。

次が、発起人あいさつの概略です。

「山頭火翁は、長らく旅から旅へと行乞流転しておられましたが、このたび熊本に旅の草鞋を脱がれることになりました。

つきましては、翁の日々の米塩の備えの意味において、『三八九』会を組織し、会誌「三八九」を発行してもらうことを発起しました。

翁をして、「三八九」を編集発行せしめることは、翁に最もふさわしい読書と思索と執筆とを与えて、安住長養せしめることであります。（以下略）」

昭和六年一月

白船、元寛、緑平

起案者の、山頭火や会員への思いには、温かい配慮が行き届いていて、世話する人もされる人も、ともに三八九会の前途に明るい展望をもたれたことと思います。

さて、二階一間ながらも、山頭火の新しい住所であり仕事部屋でもある三八九居が、勇躍出発することができました。

そして、正月明けの一月五日には、第一回の三八九句会を開きました。

定住自活の破たん

誰もが成功を疑わなかった三八九会でしたが、しかし、二月の初めには、もうきしみ始めていたのです。

二月五日（日記）

「毎日、うれしい手紙がくる」

とだけ、一行のみの日記が記されていました。

そして、この日の句にも気がかりな文字が…。

雨のおみくじも凶か

昭和六年の日記は、この日、二月五日の一行で終わってしまいます。

これはいかにも不自然な成り行きでした。

この異様さは、何らかの事態を想起させずにおきません。

それはどうやら、善意で前納した会費が、予想以上に入ってきたため、届けばこれを目の前の支出にあて、次々に支払ったために、印刷製本の費用や、発送費など、これから支払いが起こるものにあてる資金が不足したということのようでした。

一方で、この昭和六年に山頭火が詠んだ句の数は、その前後の年に比べて格段に少なくなっているのです。

おそらく山頭火は、句集『三八九』の編集印刷、製本と、慣れない事務に精いっぱい努力を注いでいたため、自分の句作まで手が回らなかったということのようでした。

それぞれの立場で良かれと善意に計らったものが、一カ所が一度きしみ始めると、全体の流れが滞ることになってしまったのでした。

昭和六年のこの失敗は、山頭火の身にこたえました。敬愛し合った句友の厚情に応えられなかったばかりか、これを破たんさせてしまったからでした。普通であれば、一世一代の定住自活を挫折したとあっては、生涯の悲哀をかこつところでしょうが、山頭火は違っていました。

個人の情におぼれていては、人間全体に通じる真実を見落としかねないと思い、この悲哀を振り払って、また旅に出かけることにしたのです。

そして、冷徹な目を自分自身に向けています。それが、次の句でした。

自嘲

うしろすがたのしぐれてゆくか

「個」の情を殺して、今現在の自身を平然と確認しているではありませんか。それは厳しいけれども、自嘲として真剣に自身と対決した句です。

なぜこのことを繰り返すのかと思われましょうが、普通なら平然となど、できないと思うからです。しかし山頭火は、至極あっけらかんとして三度目の放浪に旅立って、自らを詠んでいます。

これも、句友から定住自活という善意を預かってスタートしながら、心ならずも破たんさせたという、慙愧の思いがあったからでしょう。

四　親族の情

山頭火が熊本に暮らしていた大正七年には、弟二郎と祖母ツルの二人が、相次いでこの世を去っています。

父は行方が分からなくなっていましたから、彼が幼い時から一緒に暮らした家族の中では、妹のシズが一人いるだけになりました。

妹のシズ

「郷土の俳人山頭火」の授業準備のため、昭和四十五年に、市内在住のシズさんを訪ねて話を聴くことができました。

当時八十五歳で、身長が百五十〜百五十五cmと小柄な方でしたが、和装でかくしゃくとしておられ、また会話には優しい配慮を感じました。

昭和五年の暮れには、山頭火が熊本で定住すると聞いて、シズは胸をなでおろして安心したようです。
兄が世間の方々にご迷惑をかけるのではないかと、心配が絶えなかったのです。だから、兄が定住すると聞いて彼のために着物を縫い、小遣いとともに、さっそく送り届けました。

送つてくれたあたゝかさを着て出る

山頭火は、妹が縫ったうれしい着物を着て、街へ買い物に出かけています。これが肉親の温かさでした。

せんだんもこんなにふとつたかげで汗ふく

其中庵に来てからの山頭火は、近くを歩くときには妹の家を訪ねることがありました。そんな時、年長者から、「大学へまで行って、もっとましな仕事がありそうなものよ…」と言われたこともありました。
しかし山頭火は、口に出して反論はしませんが、自分としては知的な生産をしていると思っており、それが恥ずかしいと思ったことはありませんでした。

ふるさとはちしやもみがうまいふるさとにゐる

ちしゃもみは、簡便な長州料理といわれています。

前触れもなく兄が立ち寄った時には、庭の畑からちしゃの葉をかいで酢味噌であえると、即席の酒の肴ができあがりました。

サキノと健

秋田鉱山専門学校に進学した健は、昭和八年三月卒業後は筑豊炭鉱に技師として働き始め、毎月父山頭火の生活費補助のために送金し、父が亡くなるまで続けています。

健本人の意思も立派ですが、母サキノの父山頭火に対する家庭のしつけにも、見落とすことができない、人の道の教えが実っているように思われます。

そのサキノですが、昭和七年の夏に、山頭火が川棚に結庵できそうだと聞いて、預かっていた母の位牌と布団とを送り届けています。

第七章　解体心書

山頭火は、自由律俳句の秀作を残しましたが、これは本人の努力もさることながら、彼の豊かな感性によるところが大きかったものでもあります。

また四十三歳になった大正十五年の春、行乞流転という歩いて句を作る暮らしを始めて、自身の生き方の一大転換を図りました。

この歳から亡くなる五十七歳までの十四年間が、彼の自由律句の黄金期でした。そのうち、特筆すべきは、四十三歳から其中庵に入る四十九歳まで六年間の、放浪暮らしによる句作でした。

山頭火の心と句

この章では、山頭火の業績として認められた句と、それを詠んだ彼の心情とを重ねてみておきたいと思います。

山頭火の心は、いったい何を求めていたのでしょうか？

最初は、家族の愛と葛藤です。

第二は、素《す》で生きる心です。

第三は、本物を観る心です。

第四は、自然と共生する心です。

一　家族の愛と葛藤

正一が、父と造り酒屋を経営するとき、明治四十二年に二十六歳で結婚して、その翌年に長男健を授かっています。

1　長男健への愛

大正二年には、自由律句誌「層雲」に俳号田螺公で初出句して初入選し、これ以後正一は、筆名をすべて山頭火としています。

子と遊ぶうらゝ木蓮数へては

三歳になった健は、だいぶ物が分かるようになって、父の山頭火も相手をするのが面白くなり、いっしょに遊ぶようになりました。

二月の終わりには、庭の木蓮がつぼみを大きく膨らませて、親子の遊び道具をつとめてくれました。

我とわが子と二人のみ干潟鳶舞ふ日

酒造場から東に、道路と家並みを越して行けば、そこには干潟が広がっていました。ハトやツバメなど、たくさんの鳥たちのえさ場になっていて、健と二人が見ている空には、トンビが輪を描いて飛んでいました。

病む児の寝顔白う浮く火燵守《も》り暮れぬ

妻のサキノが家事に追われている間、風邪を引いて寝こんだ健を見守っています。電灯の明かりを受けて、力なく白く浮いて見えたわが子の姿には、心配する父親の気持ちがよく表れています。

わが子健に対する山頭火の態度には、一般の父親と同じか、あるいは、それ以上の愛情を感じさせられます。

こんな関係にある家族をおいては、山頭火も酒の脱線はできなかったことでしょう。事実、大正四～五年までは一度もそういったことはありませんでした。

2　サキノに求める

熊本へ来てからの山頭火は、外出すると酒という生活が続きます。「彼が最も苦労していることは分かるけれど、酒を飲み過ぎるようで心配な私の気持ちも分かってほしい…。」というのが、サキノの胸の内でした。

ところで山頭火です。

いくつになっても、苦境に立つと、彼は母のやさしさを思い出しています。正確に言えば、母の慈愛を求めているもののようでした。

熊本で新天地を開こうと、まずは生業の安定化にめどをつけたいと思い、文具雑貨の業務を広げ、仕入れや行商に精を出すなど、壁に体当たりしてみますが、現況をつき破ることはかなわず、計算するほどの成果は見えてきませんでした。

そんな時、サキノが同じ女性として、母のような包容する役を務めてはくれまいかと、無意識のうちに期待をもちましたが、山頭火よりも七つ歳下のサキノには、夫の胸中を思いやる余裕はまだありませんでした。

イライラする山頭火は、ある朝蚊帳の中に脱糞して、そのまま出かけたことがありました。入れ違いに入ってきた知人にサキノは、蚊帳の中を指して、「あれですからね」と、眉をひそめました。

サキノが年上女房ならいざ知らず、年下の彼女には、山頭火の行為は全く子どもじみた何かの八つ当たりにしか見えなかったようでした。

結局山頭火は、母を感じることはできないままで、それを欲する時には、酒を飲むことにしました。

その後、黙って受け止めてくれる母の役として、いつの間にか緑平がそれを引き受けてくれるようになったのです。

3　弟二郎

母が亡くなった時はまだ四歳でしたから、伯母に引き取られて育てられましたが、種田酒造が破産した時、二十九歳で養家を離縁されました。そして三十一歳の時に、岩国で自死してしまいます。

兄を頼って熊本へも一度来たことがありましたが、山頭火もゼロから出直したばかりのところで、何分に物心ともに余裕がなく、引き留めることも援助することもできませんでした。「自分の一筋」を見つけて努力してくれ、という願いが、兄山頭火としての、せめてもの祈念でしたが、それはかないませんでした。

4　父竹治郎

父は少年時代に、家の近くの漢学塾や郷学校に通って学び、俊英だったといわれたようです。祖父が早世したために、十代で家督を継いで、二十代では村議会議員に選ばれ、そして三十代には、合併した佐波村の助役に選任されています。

その後も議員生活を続けていますが、しだいに家庭を顧みなくなって、家政も乱れ、米相場に手を染めるようになり、母は心配のあまり自死したのです。

山頭火は、父の仕事が失敗だったとは思いませんが、父は自らの生涯において、「この一筋」を求め得なかったということでは、人生の目的としての生涯を貫く大黒柱をもてない寂しさがあったのではないかと察しました。

山頭火は、母の自死に次いで弟二郎と父竹治郎の、いずれも完成度の低い生涯を見送らなければなりませんでした。

松尾芭蕉が「幻住庵の記」で独白した、「無能無才にして、ついにこの一筋につながる」といった生きがいのある人生の道を、自分こそつかまなければならない、と山頭火は考えたのでした。

「この一筋」の強さ

下関在住の作家古川薫は、平成三年に、六十六歳で直木賞を受賞しています。

古川は、新聞記者を勤めながら小説を書いていましたが、記者の仕事が忙しくなったため小説を書くことはやめようかと大学の恩師に相談しました。

するとその恩師は、松尾芭蕉の「無能無才にしてこの一筋につながる」（幻住庵の記）という言葉を書いて、激励する返信をくださったそうです。

それが三十五歳ごろのことで、以後四十歳で直木賞の初候補となり、それからさらに二十六年の後に、直木賞を受賞しました。

初めて候補作に挙げられて、四半世紀以上も受賞同等の筆力を維持し続けた精神力と実践力は、まさに「この一筋」のロング・レースを完走し、勝者たらしめたものでした。

二　素《す》で生きる心

正一は、学校で芭蕉や良寛を学んだことで、自分も将来放浪の暮らしをとおして、独自の文芸を作りたいと考えていました。

両先達は、いずれも旅や放浪を自身の修行と創作の機会として、のちに紀行文や詩歌などの作品としています。

中でも山頭火は、育ちや家業が自分と似ているところから、良寛の放浪や彼の死生観、自然観に興味を引かれていました。

昭和十一年の二回目の東上の旅で、山頭火は、良寛と縁の深い行程をとっています。正月には、岡山の稀也居でゆっくりさせてもらい、良寛が出家して最初に修行した玉島の円通寺を訪ねることができました。

その同じ旅の途上では、さらに越後の出雲崎や長岡にもまわって、良寛の墓や良寛堂に立ち寄り、彼の遺徳をしのんでいます。

あらなみをまへになじんでゐた仏

ここに挙げた句は、良寛の生誕地にある良寛堂へ寄って、そうして、良寛の母が生まれ育った佐渡を臨んで詠んだものです。

無心の一事

良寛は、放浪を終えて越後へ帰ってくると、子どもと遊ぶことを喜んでいました。

墨染めの法衣《ころも》のたもとには、いつも手毬が入っており、子どもが呼びかけると、喜んで毬をついて遊んでいたといわれます。

「霞立つ永き春日を子供らと手毬つきつつ今日も暮らしつ」

毎日忙しく働いている農家の人の中には、「良寛さまの考えがわからん」といって、良寛は尋ねられたことがありました。

「毎日、毬をついて遊んでいなさるが、どういう了見ですかの」と。

問われた良寛は、しかし頭を深く下げただけで、何も答えることはありませんでした。

良寛の気持ちとしては、理屈で説明しても分かってもらえることとは、どうしても思えなかったのです。

子どもが無心に毬をつく様子を見ていると、良寛は快い気持ちになって、自分も無心の一人として、参加してみたくなるのでした。

無心で毬をつく。

これが仏の姿だ、と良寛は思ったようでした。

そして山頭火も思いました。

「子どもは、そのままで無心になれる」、それは、汚れを知らない純真な心をもっているからだ、と。

あるがままの心

人の心に通じる句にするためには、平素から純真な心で暮らすことが肝心だと思いました。そして、純真な心に響いたことを詠むことでした。すなわち、素の心で暮らして、素の心で詠む。それが、山頭火の考える自由律句に対する基本の心得でした。それは、あるがまま自然の心でした。

あるがまま雑草として芽をふく

あるがままの心は、雑草の姿そのままでもあります。

山頭火は、其中庵に雑草を茂らせて、「雑草風景」としています。そしてこれが「其中庵風景」であり、また「山頭火風景」でもある、と言いました。

雑草は、色や形が地味で目立たず、邪魔にされることはあっても、珍重されることはまずありません。

山頭火は、そんな雑草が好きでした。

この句は、枯れ草の中から新しい芽が出ているところを見つけて、雑草のもつ生命力に喜びを感じています。

素で生きるとは、放浪を始めた山頭火の姿でもありますが、これはまた良寛の姿でもありました。それは、飾らない真実の生きる姿でしたから、これが御仏の姿でもありました。

素で生きることは、嘘のないまことの生き方です。そこで暮らす清貧の中には、不眠も酒の脱線もありません。

本物で生きて、本物を観て、本物を味わう暮らしだからでした。

良寛は、熊本から飛び出した桃水和尚の、乞食の群れに身を投じた暮らしに学んでおり、山頭火も修行した中に桃水があったかとも思われますが、ここでは曹洞宗の修行にある、「桃水和尚伝賛」という資料名だけ紹介するに留めます。

三　本物を観る心

テレビで、「開運なんでも鑑定団」という番組があります。

お宝には縁のない私ですが、毎週楽しく見ています。

テレビ画面だけを頼りに参加していますが、それでも絵画や彫刻の迫力が伝わってくるものには、本物にしかない凄みが感じられ、番組の魅力になっています。

山頭火の書が出品されたことを一度見たことがありますが、ふすまや色紙など合わせて一千万円の評価でした。さすが山頭火は実力派ですね。


さて、山頭火は自身が詠んだ自由律句について、「時として涙がでても、汗がながれても、かみしめて味わう」ということを書いています。

また真実については、「芸術上の真実は、生活的事実から出てくるが、真実は必ずしも事実ではない。（事実が必ずしも真実ではないように）」と書きました。

さらに彼は言います。

「句を味わうこと、句を作ることは、私にあっては、人生を味わうこと、生活を深めることだ」とも。

賛否両論がある…、

ところで、公立中学校の教師をしていた私は、山頭火の生誕地近くを取材して歩いたことがありました。昭和四十五年だったと思います。

ある自営業の商店を訪ねた時、その店主から次のような意見を聞かされました。

「世間では、『故郷に錦を飾る』と言うが、ふるさとにはだしで帰ってきたことを、石碑にまでして顕彰するというのはどういうことか。わしには分からん」と。

問題の石碑の句は、次のものが原文でした。

雨ふるふるさとははだしであるく

商店のご主人は、「まじめにコツコツと働いて財産を蓄え、故郷へ帰ってくる時には、立派な服装など、仕事で成功したそれ相応の格好で帰郷するのが、故郷を出たものの務めだよ」といわれたのでしょう。

これは大切なことに違いありません。

私の経験でも、中学校の校訓として、「勤勉」が掲げられた学校は少なくありませんでした。「勤勉」とは、仕事をしていくために必要な、生きるため方法の一つなのです。

それでは、山頭火の本心は何を語っているのでしょうか。

方法か、目的か

山頭火は、この句を昭和七年に詠んでいます。

ということは、足掛け七年の放浪暮らしを続けてきたのちに、この句を詠んだことになります。

放浪の暮らしは、清貧の暮らしでもありました。

清貧暮らしとは、生きるための最小限度のものをいただいて、物の本当の味や人間が生きることの意味を考える、という暮らしでした。

そして、清貧の暮らしをとおして分かってきたことは、お金を持つことや立派な家に住むこと、あるいは世間の名声を得ることが、必ずしも幸せなこととはいえないということでした。

これは、生きていく方法としての勤労が大事なのか、また、生きることの目的について考え行うことが大事なのか、発達の段階によって、その価値のどちらを重んじるのか、ということなのでしょう。

山頭火は、彼の人生はお金や着るものなど意にも介していません。ただ自由律句の一筋に、突き進んできたことがあるだけでした。

世の中で欲しがられている地位や名誉、あるいはお金など、山頭火はそんなこだわりに見向きもしないで、ひたすら正直に生きて自由律句に立ち向かったということでした。

本物を探して歩く

四十九歳になった山頭火は、名誉も、錦も、財産も関係なく、生きるための最少のものがあれば、それで満ち足りていたのです。

そして、物そのものの味や人間の本物ということを、見て歩いていたのです。

雨の中を山頭火は、ぼろを着てはだしで歩いて、ふるさとという本物、人生という本物を、自分の肌でじかに感じ取っていたのでした。

それが、人間として生きていることの意味を感じることだったのです。

この石碑は、昭和二十九年十月、防府市八王子の児童公園に、有志の手により市内で最初に建てられたものでした。

句碑の文字は、大山澄太が筆をふるいましたが、山頭火が作った句とは文字が異なっています。

雨ふる故里ははだしであるく

山頭火は、ふるさとの句を二百句あまり詠んでいますが、そのほとんどはふるさとを平仮名で書いています。

おそらく山頭火は、ふるさとに対する自身のほのぼのとした思い出を、母への思いと重ねながら、仮名書きを主体とすることに決めたものかと思われます。

これに対して澄太は、山頭火をしのぶ石碑の字句の配置から考えて、漢字表記とし、それもやさしい「故里」という漢字を選んだもののように思います。

有志の方々が、この句を選んでくださった山頭火への深い思いに対して、敬意を禁じ得ないものです。

山頭火の書

書道で初めて有段の資格をいただいた私ですが、能書家になるつもりはないと考えて、修業途中で投げ出してしまいました。

そんなつまらない経験の者が、山頭火の直筆に触れますと、感慨深いものがあります。

山頭火の墨書からは、きれいに見てもらおうなどといった余念が全く感じられないからです。

これが、山頭火の本物であり、彼の本質の書でした。

きれいに筆が運ばれていなくても、バランスがとれていなくても、まがうことなく、それがその時の山頭火の息遣いであり、人間としての彼の思いや匂いが伝わってくるものだからでした。

四　自然と共生する心

「日本の紅葉には涙がある」と言ったのは、数学者でエッセイストの藤原正彦ですが、世界は広いといっても、日本の国ほど四季がはっきりしていて、山川草木の織りなす光景に、歓喜あり、哀愁あり、感激があるという国は、ほかにないのではありませんか。

1　祖母の家風

山頭火の少年時は、外遊びも自由にさせてもらいましたが、祖母ツルから手伝いを頼まれることもあって、季節ごとの旬の山菜などは、自然に覚えるようになりました。

煮る蕗のほろにがさにもおばあさんのおもかげ

野の花やタケノコはともかくも、子どもがあまり好きそうでもない蕗やふきのとうのほろ苦さにも、祖母の思い出とともに、格別の思いをもっていたことがわかります。成人後も、ふきのとうの苦さが懐かしくて、好んで酒の肴にしていました。

蕗の皮がようむげる少年の夢

祖母に言われて正一も、蕗を摘んできたり、蕗の皮むきを手伝ったりしていたようです。根が素直な少年でしたから、言われたことはよく手伝ったようで、皮むきがスムーズにできたことを夢にまで見ています。

そのほかにも、仏間の習わしや墓参りの習慣、台所の火の神や水の神を祀る習わし、近所の祠の例祭など、祖母を見習ってきた伝統には、家としての祖先崇拝があり、地域や家庭で自然神を祀る行事などがありました。

そうした中で正一は、自然とともに生きてきた生活の知恵として、「自然を正しく畏《おそ》れる」（寺田寅彦）という日本の心を教えられました。

2　宮崎の習わし

昭和五年十月、南九州の都城から、内陸の道で宮崎に向かう途中、高岡の街でのことでした。朝起きると、体がだるく疲れや風邪気味もあって、とても行乞などできそうにありませんでした。

しかし、遊んでもいられないので、微熱を押して出かけてはみましたが、体調はよくならず、道端に堂宇を見つけて上がって休んでいました。

ところがどうでしょう。

近くの子どもたち四〜五人が、茣蓙《ござ》を持ってきてくれたのです。その茣蓙を土の上に広げて、「この上で休んでください」と言ってくれるではありませんか。

大地ひえぐ〵として熱のあるからだをまかす

宮崎の子どもたちは、具合のよくない旅の人には、大地の上に休ませてあげるといいと、土地の街道では習いとしていました。そうすると旅の人は、しばらく休んでよくなることを、よく知っていたのでした。

このまゝ死んでしまふかも知れない土に寝る

行乞途上での体調不良で、心細かった山頭火も、横になっているうちにいつの間にか眠り込んで二時間ばかり経って目が覚めた時には、ずいぶん楽になっていました。

お医者の世話にもならず、薬のご厄介になることもなく、大地に微熱を吸い取ってもらって、地球のリズムに体を預けるだけで、大自然のリズムと体のリズムがしだいに合ってきて、おかげですっかり調子がよくなりました。

3　自然と共生する

日向路では、山頭火が子どもたちの世話をありがたく受けましたが、彼も自然に任せる治療法を知らなかったわけではありません。

昭和八年七月、澄太は、同朋園の創始者である清水精一先生を其中庵にお連れしたことがありました。

「大地の上しとねをしかず」

「世の中をありのままに暮らす乞食かな」

ここにあげた清水さんの二つの句をご覧になれば、下手な説明などはいらないかと思います。もしどうでもと思われれば、『定本山頭火全集第三巻』（春陽堂書店刊）の、巻末の解説をご参照ください。

澄太と清水さんが、其中庵を訪れた日は、山頭火は、前日の焼酎と梅酢との食べ合わせがよくなかったせいで中毒して、七転八倒している最中でした。

我慢できなくなった山頭火は、畑に走り出て、エノコログサの葉をちぎっては食べて胃にたまっていたものを一緒に吐き出したのです。

さらに、裸になって猫がするように、背中を土や草にすりつけて転がりました。そうしたおかげで山頭火の腹痛は、ようやく治まったのでした。

腹がいたいみんみん蟬

山頭火が畑でした治療法は、実は猫がよくしているものでした。

放浪する時は、突然の腹痛には猫がやる方法がいいと聞かされていました。しかし放浪中には、腹痛を起こしたこともなかったのですが、庵居するようになって腹痛を起こし、猫をまねるといい、と言われていたことを思い出して試したのです。

4 雑草と原始暮らし

山頭火は、柿の木があって茶の木があるという古農家の其中庵が、大変気に入っていました。そして、その其中庵には、もう一つ、雑草の茂る魅力がありました。

しぐれつつうつくしい草が身のまはり

庭の一隅に生えて、そこを自分の最適の場所として咲き、実り、そして次の芽生えの時を待っている…。

平凡ですが、したたかでもある雑草の生態が、山頭火はとても好きであり、自身も雑草のごとくありたいと思っていました。

其中庵では、いつの間にか雑草が生い茂るようになっていたのです。

雑草にうづもれてひとつやのひとり

山頭火は、「草木塔」を私家版第二句集の表題としています。それをまた一代句集の表題としても重ねて用いることにしました。

また山頭火は、其中庵の三大雑草として次の三つを挙げています。

一　なずな
二　彼岸花
三　えのころ草

さて、澄太の紹介状で高橋一洵に初めて会って、酒宴を開いて歓迎された山頭火は、野村朱鱗洞の墓参りを夜半にすまして、翌朝は一洵とともに松山から巡礼の旅に出かけました。

まだ松山に住む当てもない山頭火なので、一洵には彼が心細そうに見えたのかもしれません。

「一洵君に、同時に澄太君に」と前書きして、

落葉ふみわけほどよい野糞で

澄太にまで自分の野糞の句を贈ったのには、少し訳がありました。

其中庵に訪れた澄太と飲むと、二人は、畑に出て野糞をし、原始的な通便の爽快さを知る仲だったからです。

しかしこの一事からみても、山頭火という人間には飾り気もなければ、嘘や偽りもない、あるがままでしたから、一洵も安心することができたのではないかと思われます。

昭和十一年に東上の旅に出た際に、東北で酒の脱線をしたことがありました。

この失敗を心から悔いて、僧侶であることを恥じ、この旅以後は僧侶を返上して、元の乞食に返って巡礼に出かけています。

乞食巡礼に挑む

僧侶と乞食とでは、どこがどう違うのと思われるかもしれませんね。

実は大違いなのです。

僧侶は、墨染めの法衣に袈裟をかけて、鉄鉢をささげ持ち、お経を読みます。それは、御仏の使いでもあるからです。

乞食は、米銭をいただくことを目的として、わが身を生かさせてもらう物乞いだけです。

5　野宿

立場が変わったために、米銭の喜捨を断られることはもちろん、宿も断られることが多くなってきました。

泊めてくれない折からの月が行手に

これも、本をただせば、わが身から出た錆でした。

このくらいのことでくじけていたのでは、何も生み出すことはできず、熱血山頭火は終わってしまいます。

ネガティブな動機をポジティブに切り替えるのが山頭火なのです。

野宿

まどろめばふるさとの夢の葦の葉ずれ

宿に断られても、河原の枯れ草を敷いて眠ることはできたのです。

芦の葉が風で鳴る音で目を覚ますと、ふるさとにいる夢を見ていました。

四国は、全国から巡礼者が集まる霊場が続いており、土地の人はお接待に心尽くしを用意してくださる温かいところです。しかし、それも巡礼する人や行乞僧までが奉仕の対象であり、物乞いの乞食まで面倒みきれないという、時節柄の雰囲気がありました。もちろん、それも承知で始めた乞食の巡礼でした。

落葉しいて寝るよりほかない山のうつくしさ

ついてくる犬よおまへも宿なしか

自ら覚悟を決めて、乞食の修行に入ったわけですから、少々の不自由や不具合は乗り切る気構えでした。

しかしこのあとも、思惑が外れることがありました。寒さも増してきて、高知からは内陸を近道して、十一月の下旬に、松山に帰り着きました。

第八章　独り風に立つ

山頭火の生涯は、ただ独り風に立ち向かい、「この一筋」を歩いてきたといえるものだったと思います。

彼が身に受けた風には、時に春の快いそよ風もありましたが、大方は強い風で、あるいは突風が吹き巻き、黒雲に稲光が走る暴風雨もありました。

そんな中を、孤独な独り暮らしをとおして、句作りにいそしんできたのです。

思えば彼の句作りは、独り暮らしの時にこそ、充実して成就感を持てたように思われます。

そこでこの最終章では、山頭火の心と句の遍歴が、彼の独り暮らしとどのような関係にあったのかについて、みておきたいと思います。

一　独り風に立ち向かう

山頭火が自由律句を知ってから独り暮らしを始めたのは、熊本の文具雑貨店を妻に任せて、大正八年十月に上京したことが最初です。

熊本へ移住して三年半が経ったものの、生業と文芸が今一つ気がかりで、これの突破口を開こうとしたのが、出かけた理由でした。

東京の暴風

東京へは四年間暮らしましたが、直接には関東大震災に遭ったことが引き金となり、熊本へ舞い戻ることとなりました。

その間、自由律句は「層雲」誌に発表したもののほかは、あまり詠んでいませんでした。

大正九年に「層雲」誌に寄稿した「紅塵」十四句の内から、次の三句を紹介します。

労《つか》れて戻る夜の角のいつものポストよ

霧ぼうぼうとうごめくは皆人なりし

赤きポストに都会の埃風吹けり

仕事を終えると、その日が終わったとほっとした様子がうかがえます。それと同時に、都会の雑踏に埋もれてしまいそうな心もとなさも感じられます。

そのほかには、大正九年に離婚も成立しましたが、妻や子のことも気になって手紙を書いたことを詠んでいます。

雪ふる中をかへりきて妻へ手紙かく

上京中の四年間には、「層雲」誌に発表した十四句と、総集編に記録された右の一句の、あわせてわずか十五句だけが認められました。

この間は、仕事をして暮らしていくだけで精いっぱいだった、という様子がうかがえます。仕事も東京市職員に雇用されて、給与も独り暮らしには不足はなく、一ツ橋図書館勤務となってから、これが山頭火にできない仕事だとは思えませんから、自ら退職を申し出るには、職場の人間関係について、ストレスになることでも抱えていたのだろうかと推察されます。

このように見ていきますと、独り暮らしが即自由律句の修行の場とは、必ずしもなっていないことが分かります。

特に、大正八年に上京した初めての独り暮らしでは、生涯の一筋と誇った自由律句さえ、手につかない状態でした。

もっとも、この間の山頭火に向けた風はというと、まさに荒れ狂う暴風雨の最中であったといえましょう。

愛に飢える

この期間の山頭火には、何かが足りなかったのでしょうか。

私には、山頭火に向けられる愛が不足していたように思えてなりません。

正確に言えば、山頭火が受ける愛と与える愛の、そのどちらも必要なものですが、この愛情交歓が乏しかったのでは…と思われます。

もしそういうものがあれば、元々熱血チャレンジ型の彼のことです。

山頭火の心には、必ず熱い灯がともって燃え続けること疑いなしと思われるからです。

東京で身についたもの

四年間の東京暮らしには、目にみえる成果は何も見当たりませんでした。

誠実に対応して、なお成果の見られないときがあるものですが、悲しく寂しい思いを味わいながらも、自らすべき仕事を務めてきたのです。

しかし、熊本へ帰って市電事件を起こして、気が付いたことがありました。

何もないと思っていた、東京土産があったのです。

行く先の希望が見えなくても、どんなに落ちこんでも、自暴自棄になってたまるか、という底力、胆力が身についていたのでした。

これこそ、東京で悲哀に耐えてきた証拠というものでした。

和尚の恩愛と放浪

時は変わって大正十五年四月、山頭火は耕畝と名を変えて、行乞流転の独り旅に出かけます。そしてこんどの旅では、義庵和尚の恩愛があり、また木村緑平の信愛がありました。山頭火に吹く風も、東京で吹きつけた暴風雨は治まり、風は吹いても歩けないような風ではなくなっていました。

僧侶としての修行には、山頭火自らまだ不足を感じていましたが、日々の暮らしを修行とするほか道はないと思い直します。そしてこのたびの道は、何よりも義庵和尚が温かくお導きくださった道でした。

緑平との信愛

そして句友の緑平が、心の友といえる信愛を交わすようになっていたのです。

岩かげまさしく水が湧いてゐる

人から愛されていると気づくと、気持ちが落ち着いてとても安定してきます。

この句はそんな落ち着きを感じさせます。水の味もひとしおでしたでしょうね。

風来居

晩年の山頭火は、昭和十三年十一月二十八日、湯田の風来居に入り、松山へ渡る前の約一年を暮らしました。

菜根譚

湯田の居室の命名については、その根拠の一つと思われる、「菜根譚」の一節を紹介しておきます。

『**菜根譚**』（今井宇三郎訳注・岩波書店刊）

前集　八十二条

風来疎竹、風過而竹不留声。

雁度寒潭、雁去而潭不留声。

故君子事来而心始現、事去而心随空。

風疎竹（まばらな竹林）に来る
風過ぎて　竹は声をとどめず。
（略）
風がまばらな竹林を吹き抜けて、しばらくざわめいていたが、
風が吹きぬけると、竹林の音は止んで静かな元の姿に帰った。
（略）
故に君子は、事来たりて心始めて現れ、事去って心したがって空し。

「菜根譚」の著者洪自誠は、儒・仏・道の三教を修行した人といわれて、この八十二条の後段では、「至人の心を用いることは鏡の如し。送らず迎えず、応じて蔵せず。故によくものに耐えて損なわず」という荘子（応帝王）の考えを引いて述べられています。

風来居は、湯田温泉街の場末にありました。
風が疎竹に来ても、通り過ぎれば竹の音を留めないといった、山頭火好みの淡白な処世法を気に入っているようでした。
しかし、場所が便利すぎて、人の出入りや酒の催しが多く、思索や句作するには煩わしすぎ

るという欠陥がありました。

澄太の敬愛

澄太は、どこかへ落ち着きたい山頭火の気持ちを読んでいました。

そこで、深山幽谷の三原の仏通寺に案内して、山崎益洲和尚に会わせて、心ゆくまで話をして、その晩は泊めてもらいました。

あけはなつや満山のみどり

水音の若竹のそよがず

仏通寺は、同じ禅宗ではあっても臨済宗でした。お寺は、小早川家が創建して毛利家も保護しており、明治の後半に天龍寺から分離して、臨済宗仏通寺派の一派と認められて、その本山となっていました。

その後、いったん広島まで戻ってから、船で大阪へ向かいました。

久しぶりの大阪、京都の繁華街は、山頭火を魅了するものがありました。そこを飲み歩いた末に、近江路石塔寺の雄和尚に二泊お世話になり、反省してやっと落ち着きを取り戻しています。

杉菜そよぐのも春はまだ寒い風

旅で巷をそぞろ歩くのはいいもので、若い早稲田の学生時代を思い出します。大阪の千日前や京都の京極を飲んでまわり、酒へのこだわりをしばらくぶりに楽しみましたが、いただいた旅費がなくなってしまいました。

人里を離れて、ようやく人心地がつくといった状態で、石塔から津島へ来てみると、まだ冷たく感じる風に、身も心も引き締められました。

二　自己をならう

澄太と相談して、終の棲家を松山とすることにして、井月墓参を含む、本州の最後となる旅に出かけました。

昭和十四年三月三十一日徳山へ一泊して翌四月一日に広島泊。澄太に仏通寺に案内されて泊まり、大阪、京都を巡りました。

曹洞宗の開祖道元禅師の言葉に、「仏道をならうというは、自己をならうなり」（『正法眼蔵』の「現成公案」）というところがあります。

現在の、様々な欲望や苦悩にあえいでいる自分について、よく見つめなさい。

そして、真実の自己を見失っている今の自分を認めて、その現実から、本来の自己を回復しよう、といわれるのでした。

また道元禅師は、先の言葉に続いて、「自己をならうというは、自己をわするるなり。自己をわするるというは、万法に証せらるるなり」ともいわれています。

平素、自分中心に考え苦しみ悩む自分を解放して、本当の自己を取り戻そうということのようです。

そうすれば、実は光り輝く世界に自分は生きていると気づくはずだといわれているのでした。

山頭火の独り旅や暮らしでは、我欲妄執を捨て去って、あるがままに満ち足りた自分を見つめようとしていました。

これが師のいわれる、「自己をならう」ということであり、本来の自己を回復することの第一歩でした。

また、「自己をわするる」とは、自分は何が欲しいとか、何がしたいなどと、絶えず自分を中心として考えることを捨てなさいといわれます。そうすれば、光り輝く平和な世界に住んでいることに気が付くはずだといわれているのです。

其中庵で山頭火は、米が少なくなればおかゆに、おかゆがなくなれば砂糖茶で、砂糖もなければ塩茶で、塩もなければ笹茶で、それで食事に替えて満ち足りていました。

これが山頭火の清貧暮らしであり、自分自身の本物を知ろうとする暮らしでした。そうした暮らしの中でひらめいたことを、自由律句としていたのです。

それが山頭火の、「自己をならう」生き方であり、自由律句の基本的な創作スタイルというものでした。

三　自嘲する句

山頭火は、自己をならう自由律句を詠んでいます。

それが、自分自身を笑う句であり、自嘲の句というものでした。

「自嘲」と前書きした句の、代表的なものに、「うしろすがたのしぐれてゆくか」がありますが、すでに触れていますので、ここでは省きます。

次の句は、一子健に山頭火の孫が生まれたと聞いて自嘲気味に詠んだ句です。

初孫がうまれたさうな風鈴の鳴る

子どもから生活を援助してもらう身では、孫が生まれたからといって何もできないで、「しようがないか」（苦笑）と、山頭火はこんな思いでしたでしょうか。

サキノも健も、暗黙の了解をしていることでしょうね。

ぼろ売つて酒買うてさみしくもあるか

これを自給自足というかどうかは知りませんが、八本の足を持つタコは、食べるものがなくなると、自分の足を食べて凌ぐと聞いたことがあります。

四国へ来てからの山頭火は、御仏にすがった物乞いはしないと決めていて、行乞をやめていました。食べるだけなら健の送金で賄えますが、酒代が足を出すことがあって、送金から払えるだけ払うと、あとが心細くなるのでした。

何かないかと、古着を引っ張り出してきて、やっと一杯、二杯にありつけて、うれしくもあり、またわびしくもあるという酒でした。

いずれにしても、自らの暮らしを自嘲して句を詠み、そしてその句を公開するわけです。自嘲の句は、自己をならう句であり、さらに自己をわするる句であると思います。

清貧の暮らしは不自由でもあり、思うことを尽くせぬもどかしさもありますが、かえって人間同士の本音を通じ合わせる機会にもなっています。

清貧の暮らしは、真剣に自己を見つめて反省自戒する機会であり、互いの本質を理解し合って、信頼や尊敬を交わす関係を作ります。そして、本来の自己に復活させることができるようであれば、それこそが仏道であると、道元禅師が言われたとおりです。

最期の日記

山頭火の最期へ飛びますが、日記は、昭和十五年十月八日で終わっています。そして、その二日後の、十月十一日の未明に亡くなりました。

日記の最後尾には、「今日ことに手がふるへる」とありました。

察するに山頭火は、この時点ですでに心臓か脳の血管かに、異常が起きていた可能性も否定できませんが、さらに一日おいて十日の夕べには、一草庵で句会を催しながら、庵主はいびきをかいて寝たままの姿でした。

参会者は、誰言うともなく、いつもの酒の酔いかと推察して、静かに寝かせておくことにしていたのでした。

八日の日記文を、もう少し引用させていただきます。

「感謝があればいつも気分がよい、気分がよければ私にはいつでもお祭りである、拝む心で生き拝む心で死なう、そこに無量の光明と生命の世界が私を待つていてくれるであろう、」とありました。

彼は道元禅師の言われるように、本来の自分を回復して、静かに新しい世界を展望して、永遠の生命を得ようとしているようでした。

清貧の独り歩き

進取意欲が旺盛な山頭火には、日々見知らぬ土地に出会って、新しい関係を結んで句を作るということは、願ってもない幸せなことでした。

結果からみても、彼が放浪して苦労した期間には、酒の脱線が一度もなく、もちろん警察のお世話になったこともありませんでした。

放浪することは、確かに不安を抱えた暮らしに違いありません。しかし、不安をもって絶えず移動していたから、逆に緊張感をオンにして誠心誠意行乞と句作に努めることができたともいえます。


山頭火が行乞で得たものは、こだわりを捨て、生きるために必要最少限をいただければ満ち足れりとする、自分の純化でした。

それは、本来の自分に返ることであり、自分の位置を見失ったところから、元の自分に再生することでもありました。

そのような再生や復活に必要な純化の過程として、放浪の清貧暮らしが役立ったように思います。

旅の法衣は吹きまくる風にまかす

強い風は、世間師には厳しく困りものだったという山頭火でしたが、行乞できなければ泊まることができません。

食べることの一～二度のことは、どうにでもなりますが、体を休める寝場所は、他のことで替えることができませんから、生死にかかわることでした。

四　世間の風は読めない

山頭火の自由律句は、人間の個を追究することを基本としていました。そして個のモデルとして、自身の偽らない生き方を掘り進めていました。

このような考えで、個から全に通じあう真実をみようとしましたが、それはあくまで二義的なことであり、一義的には個の追究に尽きます。

したがって、この項を「世間の風は読めない」としていますが、あるいは世間の風は読まない、と言った方が正しいのかもしれません。

その点をご承知いただいたうえで、お読みになってみてください。

1　種田酒造の破産

家の再興をかけて、父子共同経営で始めた酒造場でしたが、これが破たんした原因として、次の二つが考えられます。

一つは、父竹治郎と正一との、協働意識の希薄さがありました。

父は世間の信用をなくしていたことから、正一に実権を渡したつもりで、実務もみようとはしませんでした。

一方の正一も、相談しながら仕事を進めるといった協調性に乏しく、結局は独りで経営することになって、風を読めずに終わることになりました。

二つには、正一が従業員の指導管理に当たりましたが、正一自身が組織力や社会力が未熟であることから、風を読んで風をつかむという器用さが十分でなく、初めからこの指導管理には問題がありました。

正一が二十三歳で始めた酒造場は、三十三歳で破産整理の憂き目を見ることになりました。

2　東京市職員を退職

熊本から独り上京して、東京で仕事を探し、図書館の事務職に七か月余り臨時雇用された後に、正規雇用されました。

給与は、臨時職員の場合、日給で一円三十五銭でしたが、正規職員になると月給制となり、金額は約二倍に上がって、四十二円になりました。

山頭火は、これだけの給与になって、独りが食べる暮らしに不足はありませんでした。しかし、職場の人間関係では風を読めずにつまずいて、一年半勤めたのちに、うつ状態となり、病気退職を願い出ています。

3　川棚結庵不成立

昭和七年の夏、川棚温泉に結庵するつもりで、当初から見込みありと風を読み違えたために、約三か月間も滞在して、不毛の交渉を続けました。

その年の初めには、嬉野に結庵を考えて、本人が直接交渉に当たりましたが、一週間の成り行きで見込みが薄いように感じ、北九州から山口をまわり、川棚へ寄って、ここに決めたいと思ったものでした。そこは、緑平をはじめ句友が多い北九州が近い好条件に加えて、温泉が出る土地に心を引かれましたが、ダメでした。

花いばら、ここの土とならうよ

川棚には、句友などの人脈もなく、わずかに結庵の候補地が曹洞宗のお寺の物ということが頼りでした。

山頭火も檀家の有力者に面会して、結庵を依頼しましたが、感触としてはよかったように思われました。粘ればなんとかなりそうだと、期待を一方的に膨らませたことが、失敗につながったといえるかもしれません。

しかし、いよいよ旅立つと決まった時には、お寺に志を差し出し、宿の青年にも寸志を渡す配慮をし、「立つ鳥跡を濁さず」の言葉どおりさらりと別れました。

いずれにしても長い交渉を粘った背景には、山頭火自身の思い込みがあったためであり、彼が川棚の風を読み切れなかったことが、原因であったと思われます。

4　材木商に就職を

昭和十二年九月、山頭火五十四歳の時でした。

樹明の人脈をたのんで、もう一度就職して、周囲の迷惑にならないように自活したいと思い立っています。

自活するために仕事をしたいという思いは純粋であり、また自分のためだけでなく、句友に心配をかけたくないという思いも貴重なものでした。

しかし、思うこととできることとは違っていました。

全くの素人が、いきなり仕事をしたいとやって来たのには、雇い主も驚いたことでしょうが、世間が読めなくなっていたことでいえば、山頭火自身もショックのはずでした。

その結果は、「こんな仕事やっていられるか」と威勢ばかりは高く、たった五日間だけで帰ってしまいました。

個を追究する使命をもち、自らの流儀で独り風の中を行く山頭火でしたが、社会力や組織力がいたって未熟で不器用なため、風が読めないでいました。

この不器用さには、本人も歯がゆい思いをして、酒を求めることにもつながっています。

五　体得したもの

1　シンプルとパワー

山頭火の句は、刹那で感じて思わず口をついて出た言葉を、そのまま句にしたようにみえるものがあります。本人も、句作はパッとつかんでパッと投げる、と言ったことがありました。

彼は、孤独な独り旅を敢行して、暮らしを単純化し、そこで光り輝くものを見ようとしたようです。

句が簡明にして力感があれば、それは必ず訴えかけてきて、心に伝わるものだと思ったからでした。それを彼は、シンプルとパワーと呼びました。

以心伝心

大切に思っていることを、言葉や文字を使わないで、直接心と心で通じさせることを、以心伝心といいます。

元々は中国の禅で使われていた言葉で、その出典は「景徳伝灯録」という禅の記録書でした。

山頭火は、大正六年の層雲関係の冊子に、句は「人格の光であり、生活の力である」といっています。

後には、シンプルとパワーと言い換えていますが、ニュアンスは違いますが同じようなことを言い換えたものかと思われます。

そのどちらも、簡明にして力感をもつということであり、簡明には光り輝くものがほしいといっているのだと思います。


序章でお示しした句を、もう一度見てください。

其中庵の春の朝、さっと窓を開いてみると、竹の葉や草花の露に光が当たって、朝の景色がまるでイルミネーションを見るようでした。

窓あけて窓いっぱいの春

山頭火は、自身がこれまでになかった最高の感激で、其中庵の春を見つけたものでした。

その最高の感激を、感じたままに伝えようとしたのが、この句です。

白い花や赤い花が、その一つ一つが何の花かは問題ではなく、窓に押し寄せてうごめいている春のパワーとして、その全圧力を伝えたかったものでした。

この句からは、山頭火の感激を伝える迫力が、確かに感じられます。

それはしかし、山頭火が何に感動したという具体的な説明はありません。解説をしないで伝える方法を採ったものでした。

春の勢いを、説明なしで伝える方法とは、それをいかに感じたか、その瞬間を正直に再現して伝えるほかない…、と山頭火は思ったのでしょう。

そうすることで言葉を省略し、しかも感激と力感とをライブ感覚で伝えることができました。

これには以心伝心の、心をもって心に伝えるという、自分を知り相手を知って、互いに思いやるという、山頭火ならではの精神が基本にありました。

鉄鉢の中へも霰

昭和七年の正月には、緑平居を訪ねて、さらに神湊の隣船寺へまわって、俊和尚を訪ねる予定で、山頭火としては、最も気の置けない句友と、飲みながら歓談できることを楽しみにした時のことでした。

今年初めて行乞に立とうとする山頭火に向かって、天は彼を試すかのように、寒風と霰を吹きつけてきたのです。

この句の背景には、山頭火の結庵についての問題があり、また正月ということもあって、行く先々で歓待を受けた、いささか甘えすぎがありました。

このような状況に対して山頭火は、謙虚に自身を振り返るという生活信条と態度をもっていました。

絶えず自己を振り返るということは、暮らしを満ち足れりとする純化の基本でもありました。そして、このように自分に厳しく臨む態度は、周囲からみても信頼を寄せられ、安定した関係を得ることにつながる基でした。

この反省と自戒とは、相手に優しく自分に厳しい日本の心として、お互いに心と心をつなぐ基になっているものだと思います。

2　愛に応える

山頭火の人間性として、その根幹を占めているものに、愛を感じてこれに応えるという感性と行動がありました。

その一つは、母の慈愛についてでした。

二つには、句友の敬愛についてです。

新しもの好きな山頭火には、意外と古い義理堅さと律儀さがありました。

彼は、亡き母の慈愛に精いっぱい応えようとして、文芸という幹を育て、自由律俳句という自分らしい花を咲かせてきました。

母の慈愛に応える

彼が九歳で母と別れなければならなかったということは、その重い現実を肯定して受け入れるだけでも、相当の精神力と時間が必要であったと推察されます。

山頭火は、自分の道の文芸を自由律句の一筋に決めて、これを生き抜くことで、母の慈愛に応える供養としました。

昭和十五年四月、一代句集「草木塔」を公刊した際には、扉に次の献辞を記しています。

「若うして死をいそぎたまへる
母上の霊前に
本書を供へまつる」

それまでも、母の位牌を大事に持ち歩いて、大道、熊本、川棚、小郡、湯田、松山と、いつどこへ場所を変わっても一緒にいて朝の礼拝を欠かしませんでした。

これだけ残つてゐるお位牌ををがむ

出来上がった「草木塔」を持参して、昭和十五年五月末から中国地方と北九州をあいさつしてまわり、六月の初めに四国へ帰ってきました。

句友の敬愛に応える

緑平は、山頭火が「定住したい」と言ってきたときには、「五年間も放浪を頑張りとおしてきて、無理もない」と思ったものでした。

そして、昭和五年十二月二十五日、念願の定住を果たしました。

彼は、句友たちの愛のネットワークで仕事部屋が提供されたことに感激し、さっそく挨拶状を百五十枚出しました。私だったなら、年賀状とあわせて一枚で済ませるところですが、ていねいにどちらにも心をこめて伝えています。

彼は、自分に向けられた愛を感じると、満腔の感謝を表さなければ気がすまない情の人でした。

山頭火は、句集の原稿を自分で鉄筆をふるいますが、これにも時間を取られて、肝心の句を作る余裕がなくなりました。

そのあげくに、会計が回らなくなって、句集を昭和六年の三月で休刊する非常事態となったのでした。

そして山頭火が落ち着けたのは、その一年半後の、昭和七年九月下旬、其中庵に入ってからでした。

彼の律義さはここでも光っています。

三八九第四号から六号までを、前金で会費を納入していた会員たちに、遅ればせながら確実に届けています。

3　対立から融和へ

山頭火が、早稲田を中退した時、そして一ツ橋図書館の事務職を退職した時は、いずれも神経衰弱の病名で診断書をつけて辞めています。

具体的なことは分かりませんが、人間関係に問題が生じて、うつ状態になった可能性を私は考えています。

仕事のうえで同僚や上司と対立することはよくあります。仕事は仕事で割り切るということが民主的だと思いますが、事はそう簡単に収まらないこともあります。そんなことが発端になり、派閥やグループができて、私生活や人事にかかわってくると、大変ですね。そんな経験は、私の身近にもあることです。

山頭火は、職場や学校で対立が起こると、その場を避けていたようで、うまく解消できそうもない時は、自ら身を引いてその場をつくろう消極的な態度になっていたようです。

良寛（本名・山本栄蔵）は、名主（西日本では庄屋という）の家に生まれましたが、十八歳で出家しています。その前は父に教えられながら、名主見習いをしていましたが、評判は今一つで、中には愚鈍と酷評する人もあったといわれます。

地域で争い事があったとしますと、栄蔵は言い分を聞きに出かけます。そして、一方から聞くとそれを他方に伝え、他方のことも相手方に伝えるという風でしたから、仲裁の用にはあまり立たなかったみたいでした。

それでは栄蔵はどう考えていたのか、ですが、おそらくは対立すること自体に嫌悪を感じていたのではなかったでしょうか。

この世には、さまざまな対立が生じています。

貧と富、美と醜、天才と凡才、強硬と柔軟、生と死…。

中でも貧富の格差の問題は深刻で、現在は国際的な問題となり、この解決なしには各地で広げられている抗争は、なくならないともいわれています。

良寛や山頭火は、自分の幸せと自分の欲望を結びつけることはしませんでした。二人とも、大きなお寺に住んで、部下に支えられるという暮らしも考えてはいませんでした。そして、乞食のような暮らしをしてきました。

乞食の世界には貧富も美醜も、格差は何もなく融和と協調があるだけでした。

文化勲章を受章した画家平山郁夫の作品に、キリストとムハンマドにかこまれたお釈迦様の絵がありました。

その解説にはこう書いてありました。世界三大宗教といわれる中で、仏教は最も寛容で、何でも許して受け入れます。

これからの世界には、仏教の寛容力によって、さまざまな対立の手を取り合って、世界平和のためにお役に立てるはず、というビジョンが示唆してありました。

そのことは、ちょうど良寛や山頭火が、日本の心として感じ、対立を越えて融和のために生涯をかけて尽くそうとしたものでもありました。

六　山頭火の生き方

山頭火は、対立を越えた融和の世界で、拝む心で生きようとしていました。
そして、まだまだ生きて、歩き続けるつもりでした。

もりもり盛りあがる雲へあゆむ

自由律句の一筋に生きた山頭火は、老年にしてなお熱血青年の心がありました。

熱血チャレンジの生涯

そうでした、「熱血チャレンジ」こそ、彼のトレード・マークでした。
人生の目的を「文芸」に定め、持ち前の熱血チャレンジで、さしもの苦難を乗り越えて、独自の句境を開きました。

幕末の松陰は、
一　目的の理論を純粋に結晶化する、

二　いつでも決死の行動に出る気構え、
といった、維新に要する膨大な精神エネルギーを「狂」と呼び、自ら狂であり続けるために、家庭はもちませんでした。

山頭火も、文芸を究めるには「狂」になる境涯が必要と心得て、独り放浪に出かけますが、さすがにサキノには申し訳ない思いがあり、出立の際に聖書を手渡し、教会に相談に行くことを勧めて、自分の「狂」への奔走を胸中で詫びました。

放浪以後の山頭火の句には、確かにシンプルとパワーを感じさせるようになりました。

これを音楽で一つ例を挙げるとすれば、ベートーベンのピアノソナタ「熱情」が思い当たります。とりわけその第一楽章では、山頭火のいうシンプルな音を重ねながら、しだいにパワーが弾けていき、ベートーベンの熱血に感動させられます。

あとがき

山頭火の生涯と句をみていただきましたが、悲運に遭い、苦労して独り放浪するということで、彼らしい人生と句境を開きえたように思われます。

神社仏閣には銀杏や杉の大木がよく見られますが、古木が立っているだけで、個々の人間の小ささを自ら振り返り、圧倒されて、敬虔な思いに浸らされることがあります。そして、自然木の姿に、歳月を重ねた芸術の重みを感じさせられます。

山頭火は、暮らしも句作にも作為を最も嫌いましたから、いつも生身で等身大の彼と向き合える、温かい句がそこにありました。

ことに98頁に、彼ならではの人間らしさが滲む句を、「山頭火の隠し味」として五句を挙げてみました。

その中には、乱れた暮らしを清算した潔さ、肚は治まらないけれどそ知らぬ態で別れる、懺悔していたたまれない間の悪さ、あるいは感謝の念をそれと出さずに伝える、など、まことに山頭火的な心情がみられました。それこそ日本の心だと思いました。

ドイツの詩人ゲーテは、「外国語を使えるようになって、初めて母国語が分かる」と言ったそうです。フランス語やロシア語を自由に使えた山頭火だからこそ、日本の心を自分の心として、これを自由律句にできたものだったのでしょう。

山頭火の句作の基本は純真率直で、行動は熱血チャレンジの積極さがありましたが、こと自らを語る時には実に謙虚で慎ましいものでした。

山頭火らしさとは、一面で日本らしさでもありました。美しい伝統はぜひ受け継ぎたいものだと思います。

終わりに、春陽堂書店の永安浩美様には示唆に富むご助言をいただきましたことに、厚く感謝申し上げます。

二〇一六（平成二十八）年五月

山口県防府市　西本　正彦

表記について

一　年齢は、原則として満年齢としています。

二　仮名遣いは、自由律俳句はいずれも原則原典によりました。

三　本文中に「日記」とあるのは、『定本山頭火全集』（春陽堂刊）からの引用によりました。

四　引用文の作者名は、いずれも敬称を略させていただいておりますことを、お断り申し上げます。

種田山頭火略年譜

明治　十五年（一八八二）　○歳　山口県佐波郡西佐波令村（現・防府市）に誕生。
〃　二十二年（一八八九）　六歳　佐波村立松崎尋常小学校に入学。

第一期　文芸に立志し、自己形成に努める

〃　二十九年（一八九六）　十三歳　私立周陽学舎に入学、回覧雑誌を発行するなど活動。
〃　三十二年（一八九九）　十六歳　山口中学校四年に編入。
〃　三十四年（一九〇一）　十八歳　東京専門学校高等予科に入学。
〃　三十五年（一九〇二）　十九歳　早稲田大学文学部に入学。
〃　三十七年（一九〇四）　二十一歳　早稲田大学を病気中退し帰郷。

第二期　郷土で文学活動を始める

〃　三十九年（一九〇六）　二十三歳　吉敷郡大道村の酒造場を買収、経営。
〃　四十二年（一九〇九）　二十六歳　サキノと結婚。
大正　二年（一九一三）　三十　歳　自由律俳句誌「層雲」に出句、初入選、「郷土」誌創刊。

大正　三年（一九一四）　三十一歳　生涯で家庭・職業・文芸ともに最も平穏な時期。

第三期　熊本で東京で、暮らしと自由律句でさまよう…

〃　五年（一九一六）　三十三歳　種田酒造を破産して熊本に移住し、古書店を開業。

〃　八年（一九一九）　三十六歳　単身上京。
〃　九年（一九二〇）　三十七歳　サキノと戸籍上の離婚が成る。
〃　十二年（一九二三）　四十　歳　関東大震災に遭遇し、熊本に仮寓。

第四期　宗教家として再生する

〃　十三年（一九二四）　四十一歳　市電を酔って止め、曹洞宗報恩寺に預けられる。
〃　十四年（一九二五）　四十二歳　出家得度、味取観音堂の堂守を任される。

第五期　独り放浪して、句作しつつ歩く

大正　十五年（一九二六）　四十三歳　行乞流転に。九州、中国、四国、九州を巡って熊本へ。
昭和　七年（一九三二）　四十九歳　嬉野、平戸、川棚を経て、小郡に其中庵を結ぶ。
〃　九年（一九三四）　五十一歳　第一回東上の旅、飯田から引き返す。

〃　十一年（一九三六）　五十三歳　第二回東上、出雲崎、平泉、永平寺を巡る。

〃　十三年（一九三八）　五十五歳　十一月、湯田に「風来居」を結ぶ。

〃　十四年（一九三九）　五十六歳　第三回東上。四国遍路を決行、松山に一草庵を結ぶ。

〃　十五年（一九四〇）　五十七歳　十月、一草庵で句会を開くも、脳溢血で倒れて死去。

参考文献

定本　山頭火全集（一～七巻）　春陽堂書店

草木塔（句集）　山頭火の本1　春陽堂書店

あの山越えて（行乞記一）　山頭火の本2　春陽堂書店

死を前にして歩く（行乞記二）　山頭火の本3　春陽堂書店

山村庵住（其中日記一）　山頭火の本4　春陽堂書店

ふるさとの山（其中日記二）　山頭火の本5　春陽堂書店

一握の米（其中日記三）　山頭火の本6　春陽堂書店

ぐうたら日記（其中日記四）　山頭火の本7　春陽堂書店

みちのくまで（其中日記五）　山頭火の本8　春陽堂書店

酒のある人生（其中日記六）　山頭火の本9　春陽堂書店

風来居日記　山頭火の本11　春陽堂書店

一草庵日記　山頭火の本12　春陽堂書店

白い道（随筆集）　山頭火の本13　春陽堂書店

山頭火研究資料　山頭火の本（別冊一）　春陽堂書店

山頭火句と言葉　山頭火の本（別冊二）　春陽堂書店
生死の中の山頭火　大山澄太著　春陽堂書店
俳禅一味の山頭火　大山澄太著　春陽堂書店
俳人種田山頭火の生涯　大山澄太著　弥生書房
句集「草木塔」　大山澄太編　大耕舎
種田山頭火　村上　護著　ミネルヴァ書房
山頭火 漂泊の生涯　村上　護著　春陽堂書店
山頭火 俳句の真髄　村上　護著　春陽堂書店
山頭火の風土　村上　護著　本阿弥書店
俳人山頭火　上田都史著　潮文社
種田山頭火 漂泊の俳人　金子兜太著　講談社
放浪行乞 山頭火一二〇句　金子兜太著　集英社
吉田松陰撰修　松風会編集　松風会
良　寛　水上　勉著　中央公論社
清貧の思想　中野孝次著　草思社

著者略歴

一九三六年　広島市白島中町に生まれる
四五年　原　爆（自身の被災は免れた）で自宅全壊
四六年　山口県本郷村（現岩国市）に移住
五三年　県立岩国工業高校機械科卒業
五八年　山口大学教育学部卒業
五九年　錦町立広瀬中学校勤務（教諭）
七七〜七九年　山口県教職員連合会専従（書記次長・書記長）
八三〜八四年　防府市教育委員会（生徒指導担当指導主事）
八五〜八八年　山口県教育委員会（生徒指導担当指導主事）
九六年　防府市立国府中学校長、定年退職
九六〜〇四年　(財)山口県教育会（事務局長・専務理事・副会長）
九九〜〇四年　(財)愛山青少年活動推進財団（評議員・監事）
二〇〇二〜一三年　(財)松風会（監事・理事）
〇三〜〇五年　やまぐち文学回廊構想推進協議会幹事
〇五〜〇六年　同　　副会長

〇八〜一〇年　山頭火ふるさと会（監事）
一二年〜　　山頭火ふるさと会（会長・顧問）
一三〜一六年　防府市文化協会市民活動支援部会副会長
一三〜一四年　夢塾（山口人物伝・種田山頭火）専門委員

主な著書

二〇一〇年　「平成の巷で謳う　エッセイ菜根譚抄」
一二年　「おきあがりこぼし人生の俳人 種田山頭火」
一四年　山口市文芸同人誌、蒙談会「風月譚」5号「山頭火と父親」
一四年　夢チャレンジ きらり山口人物伝「山頭火塾長」

そうだったのか、山頭火
教室で見た山頭火のこころと句

二〇一六年七月十五日　初版第一刷発行

著　者　西本　正彦
発行者　和田佐知子
発行所　株式会社　春陽堂書店
郵便番号　一〇三―〇〇二七
東京都中央区日本橋三―四―十六
電話番号　〇三(三二七一)〇〇五一
URL　http://www.shun-yo-do.co.jp
印刷製本　ラン印刷社

乱丁本・落丁本はお取り替えいたします。

ISBN978-4-394-90326-0　C0092